おでん屋ふみ　おいしい占いはじめました

渡辺淳子

角川文庫
22632

目次

第一話　おでん屋の女将

「いらっしゃいませ」

店に入って来てすぐに、その男女はアイコンタクトを取った。男性の方が「すんません。やっぱ、おでんの気分じゃなかった」と言い、ふたりして踵《きびす》を返す。声をかける間もなく、出入り口ドアが閉まる。あの人たちはあきらかに、千絵《ちえ》の顔を見て出て行った。

晩秋、霜月《しもつき》半ば。時刻は午前一時前。

今夜も客は訪れない。私のなにが悪いのか。「いらっしゃいませ」のあと「こんばんは」をつけた方がいいのだろうか。辻《つじ》千絵はため息を吐く。直後「ため息を吐くと幸せが逃げる」と、子供のころに言われたのを思い出し、慌てて息を吸った。

ＬＩＮＥの通知音が鳴った。誰だ、こんな夜中に。千絵は白い割烹着《かっぽうぎ》のポケットからスマホを取り出す。

『こんばんは🌙　今夜の調子はどうですか😄』

鯉井《こいい》和歌《わか》だ。千絵がＯＬとして日中勤務している社団法人の派遣社員。この店を千絵に紹介してくれた、千絵より十五も若い二十四歳女子である。

『誰も来てくれません😖』

カウンター内側、作業台の上に置いたおでん鍋《なべ》のだし汁に沈んでいるイカ天を菜箸《さいばし》で突《つつ》いてみる。これ以上煮ると、練りものの味が抜けてしまうだろう。

『がんばってください👍』

すぐに和歌から返信が来た。彼女は夜中トイレに起きたついでに、冷やかしてやれと思ったか。はたまた遠距離恋愛中の彼氏との長電話を終え、千絵のことを思い出したのか。いずれにしても和歌は、このたくさん余るだろうおでんが、明日《あした》の、いや今日のランチで食べられるのを期待しているに違いない。

『がんばります！』

返信したものの、なにをどうがんばればいいのかわからない。しかもそのメッセージは既読にならない。むなしくスマホをポケットに戻し、千絵はゴボ天とイカ天、さつま揚げ、そしてちくわを、おでん鍋からすべて引き上げ、タッパーに移し替えた。

午前零時開店の「おでん屋ふみ」を始めて九日目。客は今日までのべ九人。初日に五人、翌日ふたり、五日目にふたり。そのほかの日はゼロだった。だから昨日も一昨日《おととい》も、丑三《うしみ》つ時《どき》から閉店時間の朝五時まで、丸椅子に腰かけ、壁にもたれて眠りこけてしまった。そのうちブランケットを持ちこみ、カウンターの上で横になってしまうかもしれない。

このままでは「おもしろい女になる」という目標はかなえられそうにない。それどころか貯金は目減りし、精神的にも疲弊するばかりだ。四十路《よそじ》直前、女の一大決心で始めたおでん屋を、むなしくたたむ日も遠くないだろう。

ＪＲ大塚《おおつか》駅北側。東京は豊島《としま》区北大塚にこの店はある。狭い敷地に無理したような、六階建ての雑居ビル。その一階で、千絵はおでん屋の女将《おかみ》になった。昼間はＯＬだから二足のわらじだ。そしてこの店は夜零時に終えたバーを朝まで間借りした、いわゆる二部制だ。

二足のわらじ。飲食店の第二部。

「よく考えたら、全部二番目だ」

店内にひとり言が響いた。そう、千絵はつい三か月前まで、セカンドの女だったのである。

「……それ、二股《ふたまた》かけてたってこと？」

「二股じゃないよ。でも香里《かおり》と出会って、話したり食事をしたりしているうちに、ちょっと気持ちが変わってきたっていうか……」

「香里っていうんだ。その人」

　ふたりで来たことのない、パスタのチェーン店で向かい合っていた。弘孝《ひろたか》は別れ話を切り出すのを迷ったのか、いつまでも歩いているうちランチタイムを過ぎてしまい、とりあえず目についた店で手を打ったようだった。

「いつ知り合ったの？」

「……一年、くらい前かな」

　弘孝は食べ終わった自分の皿に残ったミートソースから、目を離さずに応《こた》えた。

「一年。立派な二股だと思うけど」

「違うよ。二股じゃない。これは僕の名誉にかけて断言する。一か月前まで彼女は、あくまでも友だちだった」

　ということは、一か月前になにかあったのだ。千絵は頭に浮かんだ想像を打ち消すため、皿にへばりついたシラスを、再びフォークで取ろうと試みた。

「だから、弘孝くんの、誕生日も、今年の、お正月も、去年の、クリスマスも、前の日とか、次の日とか、違う日に、会うことに、なったわけ？」

　思い起こせばここ一年、恋人たちのイベント日は、もっともらしい理由で会うのを避けられていた。しかし千絵は、四年以上も付き合っているのだから、仕事はもちろん、友人の結婚式、町内会行事、見舞いに出かける親を遠方の病院まで連れて行くことを優先するのは、結婚秒読みと勘違いした。弘孝はひとつ下の三十八歳。ハタチそこそこのカップルとは違う、落ち着いた交際。駄々をこねるのは大人げないと、愚かにも自分に言い聞かせていたのだ。

「私より、その人を、優先、させてたんだね」

分厚いばかりの上等でない皿が、フォークの先とこすれて嫌な音を立てた。

「そんなつもりはなかったけど……。なんて言ったらいいのか……。つまり……その人は一緒にいると、おもしろい人で……」

「私はおもしろくない人、なんだ」

「そんなことないよ。千絵ちゃんは本当にいい人だし」

中学生のころ、片想いの相手から「いい人」と称されるのは、「どうでもいい人」の略だと言い合ったけれど、五年近く付き合った男から「いい人」呼ばわりされるのはどうなんだろう。

「千絵ちゃんには、千絵ちゃんのいいところがあるから」

「私はよっぽど、おもしろくない女なんだね」

弘孝はそのセリフを完全に否定しなかった。そして最後は、「もう指で取れば？」と、オリーブオイルにまみれたシラスと格闘し続ける千絵に、憐《あわ》れむような目を向けていた。

出入り口のドアが目に入った。あのドアに最初に手をかけたときは、その重厚さに新しい未来を感じたものだった。しかし今、目の前にあるドアはずいぶんくすんでいる。もしかしたらこのビルの建てられた三十九年前に、取りつけられたままなのかもしれない。

壁のスイッチに手を伸ばし、店内の電気を全て点《つ》けてみる。白熱灯でぼんやりしていた店の隅々まで、刺すような光が届く。

茶色い木製のそのドアは、塗り直したペンキやニスがところどころはげている。最近新調したらしい蝶番《ちょうつがい》だけピカピカなのが、かえって痛々しい。

自分と同い年かもしれないドアのありように身震いした。香里という女は、千絵より十も若いらしい。せめて彼女の存在は、自分に知らせないでほしかった。

翌日も千絵は、多くの人が一日を終えようとするころ、都内で唯一の路面電車、都電荒川《あらかわ》線大塚駅前駅の細いホームに降り立った。西ヶ原《にしがはら》にあるひとり暮らしのマンションから、小さなキャリーケースをおともに、ＪＲや地下鉄より少し早い最終電車での出勤だ。

鼻から息を吐き、帰宅途中のビジネスマンとすれ違う。この時間はもう、サンドイッチマンやキャバクラのお姉さんなどの客引きは、ほとんど見かけない。

路面電車の線路が緩やかな弧を描いているせいか、ＪＲの駅前ロータリーは面積以上にゆとりを持ち、どこか昭和な雰囲気が漂っている。もちろん高いビルも多いけれど、間にはさまる日本家屋や低層ビルのおかげで、山手線《やまのて》のほかの駅周辺と比べて、威圧感が少ない気がする。

戦前の国鉄大塚駅界隈《かいわい》は、池袋《いけぶくろ》よりはるかに大きな繁華街だったそうだ。置屋と料理屋と待合、いわゆる三業が許された地で、最盛期には芸者が何百人もいたらしい。今ではすっかりその鳴りを潜めたが、居酒屋の名店がたくさん在するところに、往時の名残がうかがえる。

道路は駅を中心に放射線状に延び、路地の角を二回曲がれば、元の場所に戻れるところも多い。その三角形の狭い感じは、身を隠す場所を求めて遊んだ子供のころが思い出されて懐かしい。

いわゆるバーやスナックに行った経験がほとんどなかった千絵は、水商売を始めることへの不安をぬぐえなかった。しかし最初、このすたれた花街に立ったとき、猥雑《わいざつ》で雑多なくせに、控え目で不思議な清潔感を漂わせる街のありように、妙な親しみを覚えた。懐の深そうなこの地なら、臆病《おくびょう》な千絵でも「おもしろい女」になれるかもしれないと思ったのだ。

弘孝との別離からたった三か月ほどで、おでん屋開店までこぎつけた。優柔不断な自分には珍しいことだった。怪しげな店に足を踏み入れ、ちょっと癖のあるバーのマスターや大家と交渉し、保健所や税務署におもむき、食器や道具をそろえた。

大学卒業後、さしてやりがいのない事務仕事に従事し、特別大きな理想も持たなかった千絵がそこまでやったのは、身体を動かすことで気を紛らせたかったのと、落ちこんでいる間にも年を取ると思ったからだ。

ガラスばりの老舗《しにせ》ボクシングジムの前を通りかかると、若い男性がシャドーボクシングの真っ最中だった。細マッチョな身体を見せつけ、短い頭髪からは汗がしたたり落ちている。

ボクサーの姿に心を奮い立たせた。今夜も客が来ないかと思うと、正直心が折れそうだが、とにかく行かねばならぬ。

有名なおにぎり屋さんの前の行列を横目に、おでんの入ったキャリーバッグをガラガラと引く。二十四時間営業のマッサージ店のネオンスタンドと、ミャンマー料理店を通り過ぎ、ほどなくイエロービルに到着した。

「こんばんは」

道路と垂直に位置したドアを開けると、切れ長の鋭い目に迎えられた。遠藤基央《えんどうもとお》だ。この店の第一部「BAR《バー》 REGENBOGEN《レーゲンボーゲン》」のマスターである。

ボディビルでもやっているのかと疑いたくなるほど胸板の厚い遠藤は、いつものようにひげを蓄えた口元をニコリともさせない。悪い人ではないが、いつも見定めるような視線を向けられるので、ちょっと怖い。五分刈り頭だから、余計に迫力がある。

カウンターには男性客がふたりいた。ひとりはイエロービルのオーナー・黄裕哲《ファンユウチョル》だ。ビルの五・六階で妻と暮らしている黄は酒好きで、いつもは六時ごろからここで飲んでいるらしいが、今夜は遅いようだ。ちなみに二階は美容院で、三・四階は化粧品や雑貨などの輸入を手がけている会社が入っている。

「おーう、千絵ちゃん。お疲れちゃん」

「こんばんは、黄さん。お世話になっております」

赤ら顔で恰幅《かっぷく》のいい七十男の黄にあいさつし、店内を奥へ進んだ。アルファベットのCに近い形のカウンターの端から、身体を滑りこませる。

「どう？　少しは慣れたかい？」

「ええと……まあ、なんとか」

慣れが生じるほど接客していないので、ちょっとごまかす。キャリーバッグを壁に立てかけ、のろのろと白い割烹着《かっぽうぎ》を身に着ける。

「どう？　お客さん、入ってる？」

「それがあんまり……」

「あんまりじゃあ、すぐに干上がっちゃうよ。格安にしてあげたとはいえ、OLさんの給料がいくらか知らないけど、住んでるとこの家賃だってあるだろうし。営業努力して稼がないと、おもしろい女にもなれないよ～」

黄は大きな声で千絵を叱咤《しった》し、芋焼酎《いもじょうちゅう》の水割りを飲み干した。バーにボトルキープしている黒霧島《くろきりしま》だ。ちなみに第二部のおでん屋は、瓶ビール（銘柄一種類・中瓶）と日本酒（冷やと燗《かん》）、缶チューハイのレモンとストレートだけである。もちろんバーとは財布が別なので、それらはおでん屋用の棚に置き、冷蔵庫の中もきっちりと区別されている。

「なんですか？　おもしろい女って」

万札を遠藤に差し出し、三十代くらいの男性がたずねた。初めて見る会社員風だ。

「千絵ちゃんさあ、つまんない女だって男にフラれたらしいのよ。それで夜中におでん屋やって、おもしろい女になって、そいつを見返してやりたいんだと」

黄の説明に、会社員風はじろじろと千絵を見てきた。店舗借りたさに、つい本当の理由を話したことを後悔する。そんなに大声で人の不幸を吹聴しなくても……。

「おもしろくなりたいなら、吉本《よしもと》の養成所に入ればいいじゃない」

「そ、それは無理です。テレビに出て、漫才なんかできません」

「大丈夫、大丈夫。心配しなくても、テレビなんか出してもらえないから。でもおでん屋の女将《おかみ》ならできる。おもしろいじゃない。こんな真面目くさったお嬢さんがさ。フラれてもタダでは起きない。俺はその心意気が気に入ったの。だからここを貸すことにしたのよ。遠藤ちゃんもそう思って、二部制に協力してるんだよね？」

「アタシは心意気うんぬんより、こっちよ。こっち」

遠藤はOKマークにした親指と人差し指で千円札をつまみ、会社員風にひらひらとお釣りを渡した。最初に遠藤のオネエ言葉を聞いたときはギョッとしたが、今ではすっかり慣れてしまった。

おでん屋を始めたいけれど、どこも賃料が高いとこぼした千絵に、二部制を提案したのは和歌である。理解のありそうなマスターがいると、このバーに連れて来てくれたのだ。

時間差とはいえ、自分の店を他人とシェアするなど、決して愉快な話ではないだろう。しかし遠藤は、それもご縁、多様性のひとつだと承諾し、黄に交渉してくれた。ただ、第二部の賃料が入るじゃないかと迫り、第一部の家賃を大幅に値下げさせたらしい。どれほど安くなったのかは知らないけれど。

「でも肝心のお客の入りがよろしくないんだって。これからおでん屋の開店だから、残って食べてあげてよ」

「うーん、明日《あした》の朝早いんですよね。腹もいっぱいだし」

黄の勧誘を断り、会社員風はあっさりと帰って行く。一瞬期待した千絵だったが、無理強いはできない。会釈し、黙ってその背中を見送った。

「ちょっと、あなた。『またよろしく』とかなんとか、お愛想を言っとけば、今度来てくれるかもしれないのに」

グラスを洗いながら、あきれたように遠藤に言われた。そこへ黄がかぶせてくる。

「千絵ちゃん、役所勤めだから、そういう感覚ないんだねえ」

ハッとした。千絵はこれまでそうしたセリフを、客にかけていなかった。そうだ、お愛想。忘れていた。

「あの、南関東中規模病院協会は社団法人で、役所ではないんです」

気まずさと恥ずかしさで、ごまかしが口をつく。

「ほら。その堅苦しいところが、そういう感覚って言われるのよ。社団法人だか異邦人だか知らないけど、どうせ言われたことだけやればいい、役所みたいなもんでしょ」

「まあまあ、遠藤ちゃん。千絵ちゃんもこれからだ、これから」

長年お役所的体質の無風組織にいる自分は、サービス精神が欠如しているらしい。

「営業努力だよ、営業努力」

黄はニコニコと言い、「食いたいけど、この間、胃もたれして寝らんなくなっちゃったからなあ」と、おでん屋オープン初日のことを口実にして、帰って行った。

黄がいなくなるとすぐ、遠藤も帰り支度を始めた。初日にバーの常連客三人と残って食べてくれたこの人も、もう甘えるんじゃないよといった態度である。

「帰るとき、換気扇回しっぱにするの、忘れないで」

遠藤は壁のフックにかけていた黒いライダースジャケットに袖《そで》を通し、腕のあたりをくんくんと嗅《か》ぎ、そそくさと出て行った。

営業努力。

いったいどうしたらいいのだろう。チラシをご近所にポスティングして回るか。それとも勇気を振り絞って、割烹着姿で看板片手に駅前に立ってみるか。

SNSで発信とかも苦手だしなあと、誰もいない店内で、考えあぐねていた午前二時過ぎ。出入り口のドアがふっと開いた。

「いいかしら？　ひとり」

姿を現したのは、八十がらみと思《おぼ》しき女性だった。

「あ、はい。どうぞ」

その老婦人は紙袋に入った大きな荷物を四つも抱え、店の中に入って来た。

小柄でふっくらとした、品のよさそうなご婦人である。化粧っ気はないけれど、黒いロングコートは質がよさそうで、ゆったりとした黒いワンピースも嫌みのないデザインだ。

「いらっしゃいませ。……こんばんは」

「すみません、おでんだけなんですけど、大丈夫ですか？」

今の時間は表に掲げられた「BAR　REGENBOGEN」の金色看板には「準備中」のマグネットが貼ってある。その横に「おでん屋ふみ」と、縦に墨書きした木の看板を掲げ、営業時間も記しているのだが、よく見ずに、まだバーがやっていると勘違いし、入って来る人がときどきいるのだ。

「もちろん。おでんを期待して入りましたよ。今どき二部制なんて、珍しいわね」

老婦人はそう言い、細い銀縁眼鏡の奥を笑わせた。肩の力がふっと抜ける。言葉のテンポといい、間といい、人に安心感を与えてくれるおばあさんだ。

老婦人は断りを入れ、ひとつだけあるテーブル席、はめ殺し窓のそばに置かれた円いテーブルと二脚の椅子の上に、紙袋を四つとも置いた。そしてカウンター七席の真ん中、Cの字の中央の席に腰かけ、メニューを見て、ビールと大根、卵とゴボ天を注文した。

「あの、すみません。ゴボ天はちょっと時間がかかります」

「はい、わかりました。どうぞごゆっくりやってちょうだい」

先にビールとグラスを供すると、千絵は冷蔵庫からタッパーを取り出し、ゴボ天をおでん鍋《なべ》に沈めた。大根と卵は白い器によそい、だし汁を張って、小口切りのさらしねぎを天盛りにする。最後に練り辛子を器の縁に添え、老婦人の前に置く。

「まあ、おいしそう」

湯気を上げるおでんに、小さな手をふうわりと合わせた姿に、千絵は亡き祖母を思い出した。千絵のおばあちゃんの手はあんなに白くもなく、立派な瑪瑙《めのう》の指輪もなかったけれど。

「よかったら、あなたも付き合ってくれないかしら？」

老婦人は自分のグラスにビールを注ぎ終わると、千絵にも勧めた。

「あ、いえ。そんな、仕事中なのに……。いいんですか？」

「もちろん。客が勧めるときは、一緒に楽しく飲んでほしいときよ」

そうか。こういうとき、素直に受け取るのもサービスのうちか。

千絵はグラスをひとつ、棚から取り出した。ちなみにグラスや食器も、バーのものとは別の棚に置いてある。作りつけの棚が妙に大きいこともあるが、遠藤は几帳面《きちようめん》な性質《たち》らしく、整理整頓《せいとん》されていたので、おでん屋のものを置く場所には困らない。

「乾杯」

小さくグラスを合わせると、老婦人は瞬く間に黄金色の液体を半分以上減らし、長い息を漏らした。よっぽどのどが渇いていたとみえる。

「ああ、おいしい」

「ほんとですね」

かくいう千絵も、ひと息で半分ほど飲んでしまった。この十日間（日曜定休だから実際は十一日が経ったわけだが）、平日夕方五時に日中の仕事を終えると、四十分かけて帰宅。八時から十時まで仮眠を取り、十時半過ぎに出勤。朝五時に店を終えると、六時十分にいったん帰宅。そこからおでんを仕こみ、身支度して朝八時に家を出るという生活だった。土日は寝だめ、昨日も一昨日《おととい》も店で居眠りしたとはいえ（実は職場でも）、だいぶ疲れがたまっている。

「私、今日お仕事を引退したの」

のどを鳴らしてビールを飲む千絵に、老婦人は打ち明けるように言った。丁寧に箸《はし》で割いた卵をおちょぼ口に運び、「ねぎの香りがいいわね」とほめてもくれる。

「そうなんですか。大変お疲れさまでした」

「どうもありがとう」

「毎日こんな時間まで、お仕事されてたんですか？」

ゆったりと受け応《こた》えしている自分に気づく。ビールが緊張をほぐしてくれたか、それとも老婦人の持つ雰囲気に取りこまれたのか。

「いつもは十時ごろ終わるんだけど、最後の日だったから、待ってくれたお客さまを、残らずお相手しちゃったの」

この人の職業はなんだろう。飲み屋のママっぽくもないし、会社社長が顧客ひとりひとりに対応して、こんな時間になったというのも無理がある。

「こんなおばあちゃんが夜遅くまで、なにしてたんだろうって思ってる？」

「あ、いえ、そういうわけじゃないんですけど……すみません」

ぶしつけな目を向けてしまったようだ。千絵はドギマギしながら、その辺を片づけ出した。客のことを詮索《せんさく》するのは慎むよう、遠藤にアドバイスされたのに。

「ふふふ。大丈夫よ。おしえてあげましょうか」

「……………」

「実はね、私は占い師なの」

「えっ」

思わず声が裏返った。占い師なんて、普段の生活で初めて会ったかもしれない。

「今日が最後と知った方々が、予約外で大勢来てくれたの。五分でいいから見てほしいなんて人もいて。だから急きょ、待てる人はすべて占うことにしたのよ。小さなマンションの四階から一階まで行列ができちゃって。プレゼントもこんなにもらっちゃったし」

この井波羊子《いなみようこ》という八十歳の女性は、ここから少し先にあるワンルームマンションで、四十一年も占い一本で生活していたらしい。逆算すると、井波が開業したのは今の自分と同じ三十九歳。この人も三十九歳が人生の転機だったのかも。千絵はがぜん興味をそそられた。

「私、実は先週、このお店を始めたばっかりなんです」

「あらまあ、そうだったの」

ついつい身を乗り出した千絵に、井波はやさしく応じてくれた。

「でも、ちっともお客さんが来てくれないんです。やっぱりなんの修業もせずに飲食店を始めるのは無謀だったかなって、考えてたところなんです」

「修業ねえ。おでんはとてもいいお味だから、料理の見習いはもう必要ない気がするけれど。お店の経営に関しては、それなりの方に聞いた方がいいでしょうけれどね」

井波はグラスのビールを飲み干した。キリがないので酌はしないと決めていた千絵だが、ついおもねるようにビール瓶を手にし、井波のグラスに注いでしまう。

「やっぱり真夜中のおでん屋は難しいのかなって、思ってたところなんです」

「ふふふ。それは覚悟の上だったんでしょう？　でもどうして真夜中なの？」

「昼間は普通に働いてるんです。辞める勇気はちょっとなくて」

「あら、フルタイムの正規雇用なの？　ひとり暮らしでも、生活には困らないでしょうに。どうしてお店をやろうと思ったの？」

初対面で、しかも客にしゃべることなのか。しかし千絵はすがるような思いで、店を始めた理由を正直に話してしまった。

老占い師は両手を祈るように軽く組み、ときに軽く、ときに深くうなずき、「それで？」「まあ」などとうまく相槌《あいづち》を打ち、耳を傾けてくれた。あまりに聞き上手なので、最後の一年間は弘孝と男女関係がなかったことまで語ってしまった。

「あ、ゴボ天。忘れてました。すみません、つい夢中になって……」

平謝りで千絵は新しい器にゴボ天を入れ、井波の前に差し出した。老婦人は「夕飯を食べそこなった」と、追加注文のはんぺんとがんもどき、ちくわぶも平らげると、おもむろに口を開いた。

「よかったら、おでん屋の将来を占ってあげましょうか？」

「え？　あ、いいえ。いいです、いいです。お疲れなのに、そんなこと」

「いいのよ、遠慮しなくて。ここで会ったのも、なにかのご縁」

どちらかといえば、千絵は信心深い方ではない。思春期には一過性で星占いの本を読んだけれど、今では朝テレビで観た星占いも、家を出るころには忘れている。

「もし失敗するって結果が出たら、明日《あした》から店に出てくる気力がなくなっちゃいます」

とはいえ、興味がないわけではない。人気占い師に見てもらうのも、ひとつの手かも。四つの紙袋に目をやり逡巡《しゅんじゅん》していると、井波がニヤリとした。

「あなた、雑誌の星占い、読むことあるでしょう？」

「はい、読みます」

「なぜ読むの？」

「なぜ？　なぜって……自分の運勢を知りたいから？」

あらためて問われると困ってしまう。そんなの考えたことがない。元より雑誌の星占いがあたるとは思っていない。しかし暇つぶしだと、占い師本人に応えるのは気が引ける。

「どうして自分の運勢を知りたいの？」

「え……だって、未来に起こることがわかるんだったら、知りたいものじゃないんですか。人間って」

そう。いずれ別れると知っていれば、最初から弘孝と付き合わなかったのに。

「どうして人間は、未来を知りたいのかしら？」

「どうしてって……先がわからないって、基本不安だからじゃないですか。先のことはわからないのはあたり前で、みんなそうやって生きてるんですけど……」

「先が見えないのは不安よね。そんなとき、いいことが起こるとわかったら？」

「それを楽しみに生きていけます」

禅問答のような質問に、千絵は真面目に応える。なにが聞けるか、興味があった。

「もし、悪いことが書かれてたらどう思う？」

「へこみます」

「でも、悪いことを避けるための手立ても、書かれてるでしょ？」

「そうですね。今日はおとなしくするのが吉とか、赤いものを身につけろとか」

「そうでしょう。占いはね、性格をあてられて感心したり、未来の予測に一喜一憂するだけじゃなくて、幸運を招く意味もあるの。実は運気をよくするために、幸せになるために、みんな占いを使ってるのよ」

「占いを使ってる……」

意外な視点だった。占いを、どこか神のお告げのようにとらえていた。映画やドラマなどで描かれる、呪術師《じゅじゅつし》の姿が印象深いからかもしれない。

「神のお告げもまちがってないのよ。太古の昔から、神さまの意思を聞くために占いはあったんですもの。だから政治判断も占いで行われた。占いとまじないは、密接に関係してるからね。呪文《じゅもん》を唱えて願かけする場面が日本神話にもあるように、昔から人間は、まじないを使って願望をかなえようとした。だから望みをかなえるため、幸せになるために、まじないの仲間である占いを使うのは、あたり前のことなのよ」

なるほど、そういう意味だったのか。

「どう？　あなたもひとつ、占いを使ってみるというのは」

せっかくここまで言ってくれているのだから……。

ベテラン占い師のやさしいまなざしも手伝い、千絵はおずおずと右手を差し出した。

「骨格がしっかりしてる。でもやわらかい手ね」

井波は手相と生年月日を組み合わせて占うらしい。やや節くれだった指や手に触れ、千絵の手相を丹念に見ている。

乾いた指で手のひらをなぞられるのは新鮮な感触だ。ついうっとりしていると、井波はバッグから取り出したノートにペンを走らせ、つっと顔をあげて告げた。

「お店を始めたのは正解だったわね。四十歳前後は新しいことを開始するのにちょうどいい時期のようよ。あら、親には頼らない――頼る気がない――。自立の第一歩という意味もあったのかしら」

「……あの、店を始めたことは、母には内緒にしてるんです」

ドキリとしつつも、冷静を装う。夜の店を始めたことを母に知られたら、なんと言われるか。十年前に始めたひとり暮らしでさえ、今でもチクリと言われるのに。

「お母さまとは、なんでも言い合える関係ではないのね。あなた、お父さまは？」

「父は七年前に亡くなりました」

「それはお気の毒に。お父さまとの関係は、悪くない――。亡くなられたときは、さぞ悲しかったでしょうね」

無言でうなずいた。口数は少なく、母の小言を表立って諌《いさ》めることはなかったが、いつもやさしく見守ってくれていた。

「さて、肝心の店の方ね。――食べもの屋さんは吉。運気も悪くない。お店は少しずつい方向に向かいそうよ」

「本当ですか？」

「ええ。でもちょっと、工夫が必要のようね」

やっぱり。

「どんな工夫をしたらいいんでしょう？」

「そうね――そんなに大きなことじゃなさそうね。古くて、でも新しい――。挑戦。運命。観察――。お客さまとじっくりお話しすることもよさそうね。おでんに加えてもうひとつ、癒《いや》しにつながるようなものを取り入れると吉と出てるわ」

井波はいかにも占い師らしく告げた。

「そうすれば、あなたの人生が大きく変わりそう。あなたが望む『おもしろい女』にもなれそうね。お母さまとの間も修復できるかもしれない。そして——」

そこで井波は言葉を切り、上目遣いで千絵を見た。眼鏡が少しずれているので、本当におばあちゃんに見つめられているようだ。

「人生の伴侶《はんりょ》が見つかるかもしれない」

「ほんとですか？」

また声が裏返ってしまった。千絵は顔を赤らめる。けれどそういう期待はやはりある。母とのことはあまり考えたくないけれど。

井波は概《おお》むねいいことを伝えてくれた。しばらくは山あり谷ありだが、やがて道は開ける、自分流の方法も確立でき、目的は達成されるだろうという鑑定に、千絵は思いのほかホッとした。

「あなた、とてもいいお顔になったわね」

何度もうなずく千絵に、井波は静かに告げた。

「え、顔？　私、そんなに怖い顔してましたか？」

「最初お店に入ったとき、こわばってて、肩に力が入ってる感じだった。人を怖がっているような。でも今は表情がやわらかい。リラックスしてる。違う？」

「……すみません。お客さんを見ると、つい緊張しちゃうんです。失敗しないように、変なことしないようにと思ってしまって」

本音を言えば、警戒していた。この人はどんな人だろう。やや人見知りな千絵は、いちいち身構えてしまう。ボロがでないよう、積極的に話しかけることもしなかった。

「お客の方も初めての店に入るときは、大なり小なり緊張しているものよ。だからお互いさまだと思ってみたら？」

「お客さんも緊張する……」

「だってそうでしょ。こんな真夜中に相手のテリトリーに入るんですもの。しかもその人の作った料理を食べなきゃいけないんだし」

確かにそうだ。自分も初めての店に入ったときは、誰かと一緒でも落ち着くのに時間がかかる。ましてやひとり、しかも真夜中ならば、好奇心や期待より、不安の方が勝るだろう。

「自分の家《うち》に友だちを招いたときのように、楽しんでもらいたいな、くつろいでもらえたらうれしい、という気持ちでやってみたら？　おもてなしって、一緒に楽しむことだと思うわよ。愉快な人になりたいなら、自分も楽しまなくちゃ。人と出会うことで、新しい自分が発見できると思ったんでしょう？　その日その日の出会いを大切にすれば、結果はおのずとついてくるわよ」

目からうろこが落ちていくようだった。黄や遠藤にハッパをかけられ、儲《もう》けは二の次のはずが、やはり目先のことに気が行き、本来の目的を見失っていた。

「そうですね。……ほんと、そうですね。ありがとうございます。なんだか私、元気をもらった気がします。占いだけじゃなくって、励ましてもいただいて」

「いいのよ。占いなんてしょせん、人生相談みたいなものだから」

井波はそう言い、スジかまぼことしらたきを注文した。お年の割には健啖家《けんたんか》だ。しかも真夜中に。このバイタリティーがあればこそ、今日まで現役でいられたか。

「手相とか生年月日占いとか、どこで勉強されたんですか？」

湯気の上がる皿を井波の前に置いたとき、千絵の頭にふと疑問がわいた。

「私は独学。趣味で占いの本を読んでたんだけど、ちょっと友だちにやってあげたら喜ばれて味を占めたの。それからいろんな人を占ってるうちに、仕事になったというわけ」

井波はあっさりと応え、スジかまぼこをかじった。「このコリコリがおいしいのよね」と、満足げな笑みを浮かべてくれている。やはり自分の料理を、喜んで食べている人を見るのはうれしい。弘孝も千絵のおでんを、よくほめてくれたものだった。

「このおでんは、私のおばあちゃんの味なんです」

料理上手だった千絵の祖母は京都の生まれで、東男《あずまおとこ》の祖父との結婚を機に上京した。その娘である千絵の母親は、食い意地は張っているくせに料理が苦手で、レパートリーも少なかった。口やかましい母親とソリが合わなかった千絵は、半ば避難するように、祖母の家に遊びに行き、台所に入り浸っては、祖母から料理の手ほどきを受けた。だから高校生になったころには、大体の料理が作れた。

「関西風なのね。なのに、ほんのりした甘みがおいしいわ」

「うちのおでんだしは、カツオ節と昆布に、干し椎茸《しいたけ》も使ってます」

「まあ、贅沢《ぜいたく》。そうだったの」

井波はだしを木の匙《さじ》ですくい、あらためて味わってくれている。

「占い師さんって、偉い先生について勉強された人ばかりだと思ってました」

「中にはそういう人もいるけれど、私みたいな者も結構多いんじゃないかしら」

井波は追加注文をさっさと片づけると、また語り始めた。

「占いのウラの意味はね、人間の裏、つまり心の中のこと。表面に現れるオモテでなく、人は自分のことを、意外と知らないもの。その人が心の奥底の本当の気持ちに気づけるよう、依頼主の話を聞くことは、占い師の大事な仕事なのよ」

「ウラは心の中……」

「だから自然と、人生相談になっちゃうわけ」

占いを意味する「卜《ぼく》」という漢字は、亀の甲羅にできた亀裂《きれつ》の形、つまり象形文字らしい。読みの方の語源は、おそらく心を表しているのだろう。

「庶民の生活に浸透してきた占いは、娯楽性が強くなってきたのね。人間て、なんでも楽しんじゃうから。日本には辻占《つじうら》というのが昔からあるけれど、最初は道の交差点に立って、人とのすれ違いざまに聞こえた会話で占ったらしいわ。道と道、道と川が重なり合う辻や橋の上は、あの世とこの世の境界と考えられていたからね」

「通りすがりの人の会話で？　ずいぶん適当ですね」

「だから、はずれもたくさんあったんでしょうね。あたる話を聞くために、柘植《つげ》の櫛《くし》を持って道に立ったりしたんですって」

「柘植の櫛って、やっぱり霊験あらたかなんですか？」

「神さまのお告げに引っかけたという説が有力ね」

「シャレですか！」

「うふふ。そんな偶然性を楽しむのも占いなの。おみくじなんか、まさにそれ。水晶占いも、占い師の主観に大きく左右されるでしょうし」

千絵は思わず苦笑する。道理で娯楽と言われるわけだ。さっきは遠慮しないで、暇つぶしと、正直に言えばよかった。

「もちろん経験則から体系化された、四柱推命や西洋占星術、人相、手相、夢占い、動物占いなどがあるのはご存じの通り。ほかにもタロットカードやルーン、周易《しゅうえき》、姓名判断を始め、世界中には数えきれないくらい占いの方法があるわね」

「みんな、不安だったんですね」

「そして幸せを願ったからこそ、たくさんの占いが生まれたんでしょうね。心の平安は幸せの第一歩ですもの。人生って不公平なことが多いでしょう？　災害や事故に何度も見舞われる人もいれば、遭わない人もいる。疫病で命を落とす一家もあれば、まったく無事な家もある。そんな理不尽な出来事を乗り越えるのにも、占いはひと役買ったんでしょう。『運命だった』『あの丘の木が原因だ』と言われれば、納得しやすいもの」

井波はいったんビールで口を湿らせた。

「だから私は、お客さまひとりひとりが幸せになることを願って占ってきた。現状から一歩でも前に進めるよう、手助けをするつもりでね。悪い結果がでれば、おまじないもしてあげた。あたらないこともしょっちゅうだったけど、一度も文句を言われたことはないのよ」

「あてるばかりが、占いじゃないってことですね」

「そう。要はここと、ここが、ものを言うの。だから最近は、不思議な占いがあるでしょ？　寝ぐせ占いとか、スイーツ占いとか。どうしてわかるのか、不思議に思うような占いが」

「え、それって、つまり……」

「あたるも八卦《はっけ》、あたらぬも八卦。同じ日に生まれたからって、性格や価値観が同じなわけない。とどのつまりは、人生相談。その気があれば、今日からあなたも占い師になれるわよ」

自らの頭と口元を人差し指で小突いた占い師に、笑ってしまった。こんなユーモアセンスも持ち合わせているから、この人は人気占い師でいられたのかもしれない。

「でも私には、占いなんて無理です」

「そんなことないわよ。今はインターネット？　みんなこうして、その場で占ってもらってるでしょ。あそこの占い師さんたちは、昨日まで素人だった人たちばかりだって話よ」

スマホを人差し指で操作するまねをしながら、井波は目配せしてきた。千絵はやったことがないけれど、確かにネットには星の数ほど占いサイトが存在する。

「人生なんて、しょせん死ぬまでの暇つぶし。どんなことも楽しまなきゃ損々」

人生の大先輩、そして亡き祖母に似た人の言葉は妙に腑《ふ》に落ちた。

嘘も方便。人を幸せにするための嘘なら、罪はない。

「私ったら、すっかり手の内明かしちゃって。ちょっと酔っぱらったかしら」

いたずらっぽく肩をすくめた老婦人に、千絵は味方を得たような気がした。おばあちゃんが天国から舞い降りて来て、千絵を励ましてくれたかのようだった。

「あら、いいお顔。その心からの笑顔を忘れないでね」

「はい、忘れないでがんばります」

なんだか、全身に力がみなぎってきた。

「さてと。帰るといたしましょう。これからもよかったら、占いを使ってちょうだいね。はいこれ、私の連絡先」

井波はバッグから名刺を取り出すと、千絵に手渡してきた。直後「あら、私、引退したんだった」と、慌てて取り返そうとする。

「これ、ください。ご迷惑はおかけしません。お願いします」

千絵は名刺を返さなかった。できれば、いや、絶対手元に持っておきたい。

「仕方ないわね。では今日の記念にさしあげるといたしましょう」

ちょっと困り顔になった占い師だったが、最後はやさしくうなずき、千絵の気持ちをわかってくれたようだった。


井波が帰ったあと、千絵は後片づけをしながら、鑑定結果を反芻《はんすう》した。

「古くて新しい」「挑戦」「運命」「観察」「癒《いや》し」

関連性のないキーワードだ。しかしすっかり励まされた千絵は、楽しい宿題を出された小学生のような気分で、おでん屋を繁盛させるための手立てを考える。

人生なんて、しょせん死ぬまでの暇つぶし。どんなことも楽しまなくちゃ損々。

そう考えると、宇宙から自分を眺められる。弘孝にフラれたことも、三十九歳独身という事実も、ちっぽけな悩みに思えてくる。

いつになく明るい気持ちで、スマホで占いサイトを検索していた午前三時半。うれしいことに、客がやって来た。若い女性がひとり。千絵はよしとばかりに出迎える。

「こんばんは。いらっしゃいませ」

黒いラインの利いたヒラヒラ襟の白いツーピース。光沢ある黒いタンクトップからのぞく胸元は強調され、栗色の長い髪にはゴージャスな巻きが入っている。まだ二十代だろうその女性は、ちょっと大人っぽい店の接客業と思われる。風営法上は零時に閉店しなければいけないから、店の鍵《かぎ》を閉めて居残り客の相手をしていたか、アフターの帰りといったところか。

「どうぞ、お好きなところにおかけください」

二部制ゆえ、この店を自分の場所と主張しきれなかったけれど、井波のアドバイスで開き直れた。女将《おかみ》に主体性がないと、客は居心地悪いに違いない。

「あーん、どうしよ。端っこは寂しいし、この辺かな。でもこのカウンターのカーブ、角っこって感じがないから、偉そうだけど、真ん中にしようっと」

小柄だが肉感的なその女性は、言いわけでもするように言い、ヒョウ柄フェイクファーのショートコートを脱いで、椅子に腰かけた。透き通った高い声がイイ感じの人である。

「今夜はちょっと寒いですね」

「ほんとですー。でもあと二週間ちょっとで、十二月ですもんねー」

「一年が過ぎるのは早いですよね」

接客のプロらしき人が相手だけれど、千絵は落ち着いて受け応《こた》えできた。井波のおかげだ。

「この辺ときどき通るけど、おでん屋さんがあるなんて知らなかったですー」

「今月二日にオープンしたばかりなんです」

「そうなんだー。新規開店、おめでとうございまーす」

「あの、どうもありがとうございます。どうぞよろしくお願いします」

ドギマギしながら頭を下げる。客から祝福してもらったことはなかったので、ちょっとうれしい。

「なんにしようかなー。うーんと、じゃ、大根、牛スジ、がんもどき、ください。あと、冷たーいビールをお願いします」

「はい、承知しました。ありがとうございます」

とても話しやすい人である。

「……ぷは、おいしい。やっぱ労働のあとのビールって最高。ビールはどんなに寒い日でも、これくらい冷たくなくっちゃ」

「お仕事の帰りなんですか？」

「そう、お仕事の帰りです。……はあ、うまい。仕事で飲むビールと、終わってひとりで飲むビールって、やっぱ味が違うんですよねー」

女性は本当においしそうに、のどを潤している。

「わ、これ、持ちやすーい」

「それ、使いやすいから、私好きなんです」

箸置《はしお》きから箸を手に取った女性に、千絵は応じた。ふみの箸は六角箸だ。

「確か六角のお箸って、幸運を招くって言われてるんじゃなかったでしたっけ？」

女性の言葉に、千絵は思わず顔を上げた。それは知らなかった。

「そうなんですか。じゃ、ここにもお客さまにも、幸運が訪れますね」

「きゃー、うれしい。クリスマスの翌日にあっちゃんと一緒に過ごせたら、サイコー」

「…………」

「私ね、好きな人がいて、告白したいんですけどー。あっちゃんっていうんですぅ」

それこそいきなりの告白だった。あけっぴろげな女性に、千絵は少し戸惑う。

「私、見ての通りのお仕事なんですけど、クリスマスってうちら、かき入れどきじゃないですか。だから二十六日に、ふたりっきりで過ごせたらいいなって思ってるんですー」

女性は酔っているのか、誰かに話を聞いてもらいたかったのか。

「でも、私なんかがコクったら、迷惑だろうなあって、がまんしてるんですー」

「どうして？　好きって言われたら、誰でもうれしいと思いますよ」

女性の満面の笑みが少し消えた。

「だってね、私のママ、ほぼ寝たきりだし、パパは糖尿と心臓の病気があるから、注射とか見てあげなきゃだし」

「ご両親の介護をしてるんですか？」

この若さでふた親のお世話を余儀なくされているとは。うなずく女性に驚きつつ、大根、牛スジ、がんもどきを入れた器を、千絵は女性の前に出した。

「朝七時に起きて、ママのオムツチェックとパパの血糖チェックをしないといけないから、早く帰らなきゃなんですけど、仕事のあとはどうしても、ひと息吐きたくなっちゃうんですよね」

「……大変ですね」

「しょうがないですぅ。だって親だもん。ママは私を四十二で生んでくれたんです。パパなんか五十で初めてパパになっちゃったから、私はメッチャかわいがられたんですよー」

再び素敵な笑顔に戻り、女性は大根を吹き冷まして口に入れた。

「これおいしい。おだし、浸み浸み〜」

明るい女性に、千絵はぎこちない笑みを返した。

自分が将来、母を介護することになったら、こんな風に明るく話せる自信はない。親への感謝を忘れない女性に、千絵は一種の尊敬の念を持つ。

「おひとりで介護してるんですか？　ごきょうだいは？　ほかに誰か頼れないんですか？」

「私ひとりっ子だし。親戚《しんせき》とか、あんまいないし」

「……変なこと聞きますけど、いつから介護してるんですか？」

「高校一年の冬ごろ、かなあ」

「それじゃ、部活とか勉強とか、大変だったでしょう」

「だから高三になる前に、退学しちゃいました。お金もなくなったし」

こともなげに言う女性に、千絵は絶句した。

「だからあっちゃんに、ずっと付き合ってほしいとは思ってないんです。だって病気の親がいる人生に付き合わせるの、悪いもん。でもせめて一日だけ、一緒に過ごしてもらえたらいいなあって」

言うなり女性は、箸を両手に挟み、「よし、このお箸にお願いしちゃおう」と、拝むようなポーズを取った。

「ご両親の病気と恋愛は、関係ないと思います。誰にでも幸せになる権利はあるし」

「他人にはそう言いますよ、私も。でも、いざ自分のこととなると、ね？」

女性は目で訴えるようにし、串《くし》から直接牛スジをかじり取った。端《はな》からあきらめモードの女性に、千絵は複雑な気持ちになる。

「失礼ですけれど、相手の方はお店のお客さんですか？」

「えへ、そうなんです。月に二、三回くらいしか来てくれないから、あんま会えないんです。仕事が忙しいんだって。あっちゃん、携帯電話関係だから」

「彼もあなたのことを、気に入ってる感じ？」

「うーん、どうでしょう。そう思いたいけど、誰にでもやさしいから、なんとも言えないですぅ」

微苦笑で首をかしげた女性は、恋する女の子そのものだ。失礼ながらホステスさんと自分は、まったく種類の違う人間だと思っていた。恋の手練《てだ》れ、男を転がす女——。そんなイメージが、頭にこびりついていた。

しかしその偏見は、今、覆った。

「試しに誘ってみたらどうですか？」

「そうしたいけど、NOって言われたらショックで、立ち直れなくなっちゃうかも。

……でも思い切って、言っちゃおうかなあ」

女性は逡巡《しゅんじゅん》しながら、半分にしたがんもどきを口に入れた。「すっごい具だくさん」と、もごもごとしながら、器にこぼれ落ちたぎんなんや細切りきくらげを箸でかき集めている。この大きながんもどきは、千絵の自宅近くの豆腐屋の人気商品で、十種類もの具が入っている。

「……よかったら、彼と今後どうなるか、占ってみましょうか?」

ついに言ってしまった。しかし千絵は、井波に励ましてもらったように、今度は自分が誰かを励ましたいと、考えていたのだ。

「実は私、占いもやってるんです」

「わ、そうなんですか。ラッキー。お願い、やって、やって。なにで占うんですか? 手相? タロット? 姓名判断?」

「あの、これです」

「は?」

「これ。おでんです」

器のがんもどきを指した千絵に、女性は一瞬拍子抜けしたようだ。しかしそこは、やはりプロ。「昔、おでん占いって流行《はや》った気がするー」と、すぐに笑顔で言ってくれる。

千絵は軽く咳払《せきばら》いをして、声を低めた。

「お客さまが選ばれたのは、大根、牛スジ、がんもどきですね。これらは今の気分で選ばれましたか？」

「そうですねー。気分っていうか、食べたいなーと思って、注文しました」

千絵はうなずき、それぞれのおでんだねのイメージを、頭をフル回転させて言葉に変える。

おでん占いの発案者は、それぞれのおでんだねの主観的なイメージから、性格傾向を導き出したのではないだろうか。寝ぐせ占いやスイーツ占いも、また然《しか》り。それなら自分にもできるかもしれない。千絵は会話から得られた女性の雰囲気に、様々な言葉を合体させてゆく。

「お客さまはさっぱりしてて、誰とでも仲良くできるタイプですね。……苦労人で、誰かの引き立て役を買うことも多いけど、いざとなると主役をはることもある」

「あたってるかも。サバサバしてるってよく言われます。でも主役になることって、あんまりないかな。脇役ですよ、脇役。私の人生」

不安げだった女性の表情が、それでも明るくなった。多少なりとも、思いあたるところがあったのだろう。幸先がいい。

「……恋の行方ですけれど、情熱的にせまっていけば、相手も振り向いてくれそうですよ。主役になれるチャンスかもしれません。――ご両親のことかどうかわかりませんけど、なにか障害はありそうだから、慎重に行った方がいいでしょうね。……彼、ちょっと気難しい面がありませんか？　秘密――。隠しごとを打ち明けるのは、急ぎ過ぎない方がいいでしょう。でも意外なところから道が開けそうです。――困難は伴いますが、あなたはがんばりやさんみたいだから、きっと乗り越えられるでしょう。ご両親……お相手に負担になるかどうか、ふたりのやり方次第ではないでしょうか。もし告白したら、二十六日だけじゃなく、ずっとうまくいくかもしれませんよ」

途中から神妙な顔で聞いていた女性だが、占い鑑定が終わると、そのまま押し黙ってしまった。

「……いかがですか？」

千絵はとたんに不安になった。おでん鍋《なべ》からはほわほわと湯気が上がり、天井の黒いシーリングファンがゆっくりと回っている。

おもてはどうやら風が止んだようだ。窓の外で揺れていた、向かいの建物の前に置かれた植木鉢の枝葉が、動きを止めている。

千絵の脇の下に冷や汗がにじんだ。

「……あたってるかも」

ずっと瞬《まばた》きを繰り返していた女性は、やっと顔を上げた。

「私、あっちゃんに、親のこと一切言ってないし」

初対面の人間に恋バナをするほど、自己開示の早い女性だが、好きな人には自分の境遇を話せないらしい。

「あっちゃん、気難しいとこ、あります。でもあっちゃんと私、なんとなく感覚が同じっていうか、変なとこで気が合うっていうか。そういうとこあるんです」

なぜあたったのか不明だが、さも見通していたかのように、千絵はうなずく。

「私、主役になりたいんですよね。人生の主役に。ふたりのやり方次第って言われて、あっちゃんとならできるかもだったから、ゲッて思っちゃった……。なにげなく食べたいものを頼んだだけなのに、深層心理が出てしまうんですね、おでんって」

女性は感極まったような様子である。

「そうですよね。私、それくらいのこと、望んでもいいですよね」

「そうです。遠慮することないです。みんな、幸せになるために生きてるんだから」

「ありがとうございます。……うん、私がんばる。なんだか元気が出ちゃった。明日《あした》の朝、パパとママを怒鳴らなくてすみそう。……今日ここに来てよかった。へへ。ありがと、ふみさん」

「あの、私の名前は千絵なんです。ふみは祖母の名前。おでん、おばあちゃんの味だから」

「なーんだ。てっきりママさんの名前かと思っちゃった」

涙を浮かべて笑った女性に、千絵は存外に喜びを覚えた。

占いというツールを使うと、普通に励ますより効果的な気がする。そして人を励ませば、自分自身も励まされるようだ。

「また報告に来まーす」

かわいい名刺を手渡され、喜んで帰って行くユキナを見送りがてら、千絵はおもてに出た。

夜明け前の道路はひっそりとして、ひんやりした空気に全身が包まれる。頭がしゃっきりとし、気持ちが急に引き締まった。

「よおし！」

千絵はひとり気合いを入れると、いったん店内に戻り、しばらくしてまた外へ出る。

「おでん屋ふみ」の看板に「占いあります」とマジックで書いた紙を、試しにテープで貼ってみた。この位置か。もう少し下の方が、バランスはいいだろうか。

明日からおでん占いを、この店の売りにしよう。お客さまを「観察」し、「古くて新しい」占いで「癒《いや》し」を提供、不幸な出来事は「運命」にして慰める。そんなことに、思い切って「挑戦」してみよう。みんなを励まして、私は「おもしろい女」になるのだ。

千絵は「占いあります」と書いた紙をはがし、井波羊子の名前と連絡先を、あらためて見つめた。温かい手から受け取った、白い和紙のぬくもりがうれしかった。

おばあちゃん。私、がんばるからね。

暗い空には、星のひとつも瞬いていない。けれど祖母は、きっと見守っていてくれるに違いない。

千絵は天に向かって笑いかけ、ひとつ身震いをして、店のドアを大きく開けた。

第二話　占いは心理テクニック

「で、その営業努力は実ってるの？」

「まだあんまりなんですけど、とりあえず毎日、お客さんが来てくれるようになりました」

遠藤の質問に、千絵は明るく応《こた》えた。いつもの交替時間、バーに客の姿はないけれど、シンクには使用ずみのグラスが山のように置かれている。

「おでん屋ふみ」の看板に「占いあります」のプレートをつけ足し、さらに「おでん屋につきもののアレを忘れていた」と、道路から見えるように、赤提灯《あかちょうちん》をぶら下げて一週間。客がゼロの日、つまり業界用語でいうところの、ボウズの日はなくなった。

ボウズはもちろん坊主のこと。「坊主は毛がない」→「もう毛がない」→「儲《もう》けがない」のシャレらしい。それはさて置き、今のところ一日に二〜四人はお客が来てくれる。営業中に居眠りできなくなった分は、ＯＬ時間に補てんをする毎日である。

「占いしてくれって人が、そんなに来るの？」

「そこそこ……って、まだふたりくらいですけど」

実は占いを希望する客は、あまりいない。ひとりは女友だちと来店した若い女性で、ぎんなん串《ぐし》で性格占いをした。

「踏みにじられてもくじけない強さがある」と伝えたところ、「そうそう、この人、強いんだ」と、女友だちにはやし立てられた女性は、まんざらでもなさそうだった。

しかし「ガードはガチガチに堅いが、いったん心を許せば、意外にかわいい面を見せる」と言うと、変な顔をされた。そして微妙な間のあと「そういうとこもあるかな」と応じられたので、大きくうなずいてみせると、友だちとぼそぼそ話し出し、おでんはほとんど食べずに帰って行った。

「ほかは、なにも言わなかったの？」

「はい」

「ぎんなんのイメージ、まんま、伝えただけ？」

友だちの方から占いを希望されなかったのは、「この程度ならいいや」と、隣で思ったからだろう。

「もうひとりの客も同じ調子？……ったく、発想が貧困ね。もっとそれらしく盛らないと、会話が続かないでしょうが。占いました、はい終わりってんじゃ、つまんない」

「つまんない、ですよね……」

魔のフレーズが、千絵の心に突き刺さる。

「いきなり占えって、言われたもんですから……」

ユキナは勝手に自分のことを話してくれたので、やりやすかった。しかしその客は
「おでん占い、お願いします」といきなりきたので、どんな人なのか測りかねたのだ。

「あのねえ。話術よ、話術。世間話で、探りを入れてくの。わかってないわね」

わかっちゃいるけど、相手の話をうまく引き出し、会話を掘り下げてゆくのは、なかなか難しい。

「そういうときは、バーナム効果を生かすのよ」

「バーナム効果ってなんですか？」

「あなた、占い師になるって言いながら、そんなことも知らないの？」

グラスを洗っていた遠藤が、泡だらけの両手をあきれたように広げた。

バーナム効果とは、占いや性格診断などのとき、誰にでもあてはまるような一般的な性格傾向を、自分にだけあてはまっていると感じる心理現象のことらしい。

「占い師や詐欺師がよく使うテクニックよ。そうすると、『あたってる』と思われやすいでしょ。ガードが堅い傾向は誰でもあるでしょうよ。けど程度が違う。なのに、

ガチガチと決めつけられたら、反発したくなるじゃない。そういうときは、『意外とガードが堅かったりして』とかなんとか、反応を見ながら盛り上げて、どんどん食べさせて、飲ませるのよ」

「すごい。もしかして遠藤さんも、占いやってたことあるんですか？」

「ないわよ、んなもん。やるわけないでしょうが」

きれいにそろえられた口ひげをへの字にさせ、遠藤は横目で千絵をじろりとにらむ。

しかしお説ごもっとも。ついその気になって、おでん占いなんか始めたけれど、自分は決して口達者でない。となると、そうした心理テクを使わないと、占いなど続かないだろう。

「おーう、ふたりともご苦労さん、ご苦労さん」

ドアをガチャリと開けて、黄が姿を現した。青いどてらを着こんで、いち早い冬の装いだ。それにしても、いつ会っても肌つやのいいご仁である。

「こんばんは、黄さん。お世話になってます」

「聞いたよ〜、千絵ちゃん。今度はインチキ占い師をやるんだって？　もう、おもしろい女に向かって、まっしぐらじゃないの〜」

「インチキって……。あのですね、私はお客さまの幸せを願って、励ますために占いを使うんです。決していい加減な気持ちで、占っているわけでは……」

遠藤にバカにされ、黄に茶化され、千絵はムッとする。確かに裏づけも根拠もなにもない、娯楽と激励が目的のおでん占いだ。けれど別料金を取るわけじゃなし、詐欺師のごとく、端《はな》からインチキと決めつけられるのは……と言いたいところだが、やはりはたから見れば、イカサマ娯楽でしかないのかもしれない。

「で、早速黄さんは、インチキ占いを求めて来たってわけ？」

千絵が口ごもっていると、遠藤がたずねた。

「まさか〜。別件、別件。千絵ちゃんに言わなきゃいけないことがあってさ〜」

「え、私、なにかしましたでしょうか？」

千絵は緊張してたずねる。

「千絵ちゃん、二階の美容室にあいさつしに行ってないんだって？」

「美容室？……はい、行ってませんけど」

「どうしてえ？」

今度は遠藤に、目を剝《む》いて驚かれた。

「え、だって、おでん屋は夜中から早朝の営業だから、お会いすることはないので」

「ありえない……」

遠藤が天を仰ぎ、この世の終わりみたいな声を発した。黄はどてらの袖《そで》に、クロスした両手を突っこんだまま、苦笑いしている。

「リリーの店長、怒ってたよ～。おでん屋の女将《おかみ》、あいさつにも来やしないって」

「え、本当ですか？」

「顔を合わせる機会がない、だから関係ないってのは、どうかなあ。同じ建物ん中で商売するのにさ。業態や営業時間が違っても、礼をつくすのが人の道だと思うよ～」

「占い以前の問題だわね」

そうだったのか……。

「じゃあ、三階の会社にも行った方がいいですよね？」

「いや、あっちはいい。ちょっと怪しい会社だから」

ちょっと不安を覚える情報はともかく、黄と遠藤のあきれ具合に、千絵は身を縮めて頭《こうべ》を垂れた。

「やっぱり、おでんも持ってった方がいいかな……」

その夜、美容室へあいさつに行く際の手土産を考えていた午前三時過ぎ。

ふらりとひとりの老人が訪れた。開店と同時に来たふたり連れ以来、今夜三人目の客である。

「こんばんは。いらっしゃいませ」

結構な年齢のおじいさんだ。店の中をきょろきょろと見回し、丸めた背姿で杖《つえ》をつき、ゆっくりと歩んで来る。そうして一番近い椅子までたどり着くと、カウンターをつかんで、腰かけた。

「いらっしゃいませ。今夜は昨日より寒くありませんね」

耳が遠いのか、千絵を無視して、老人は両の手袋をゆっくりと外している。かなり年季の入った黒い革手袋だ。指先など、ものがあたりやすい箇所は、摩擦で色がはげてしまっている。

千絵が電子レンジで温めたおしぼりを差し出すと、老人は当然のように受け取り、広げて顔をごしごしと拭《ふ》き始めた。

「なにがおすすめだい？」

老人は顔をさっぱりさせると、カウンターの上のメニューを見ることなく、しゃがれた声で問うてきた。

「特に、おすすめは——」

「ああもう。そんな大きな声、出さんでくれ」

顔のしわを一層深くされた。難聴ではなかったのか。

「すみません、大変失礼しました。……あの、特におすすめはないんですが、強いて言えば大根です」

「じゃ、それちょうだい。あとは昆布とはんぺん」

眉間《みけん》のしわが開き、一転老人はニコニコ好々爺《こうこうや》のようになった。千絵はホッと胸をなで下ろす。

「熱いので、お気をつけください」

アルコールの注文はないので、湯のみで番茶を供する。この分だと、占いの希望もなさそうだ。

大根を箸《はし》でゆっくりと割き、小さなかけらを食《は》む老人に、千絵の心は緩んだ。ともすればファストフードたるおでんだが、こんなに大事そうに味わってもらえると、ともうれしい。

客の食べる速度に合わせ、だしをかけながらはんぺんを煮、下ごしらえ済みの昆布を味噌漉《みそこ》し器に入れて、おでん鍋《なべ》の中で温めた。

「うむ。この昆布は食べやすい」

ふみの昆布はよくある結び昆布でなく、だしを取ったあとの昆布を細切りにしたものだ。厚い昆布が二層に分かれるくらいに柔らかい、いわばサラダ感覚の昆布である。それをまとめて味噌漉し器に入れて温め、練り辛子を溶いただしとともに、白ごまを振って提供する。海藻のつるつるした舌触りがあとを引く一品だ。

「ありがとうございます。はんぺん、もうすぐ上がりますので」

ほめられ、つい声が弾んだ。

「飯《めし》はないのかい？」

「すみません、ご飯の用意はないんです。でもちくわぶでしたら」

「ちくわぶは、ものによっちゃ、歯にくっついちまうからねえ」

やけにきれいな歯並びと思ったら、やはり入れ歯らしい。言ったそばから口を大きく動かし、老人は口の中を気にする様子を見せた。

「残念だねえ。いい朝メシになると思ったんだがなあ」

「え、今、朝ごはんなんですか!?」

「そうだよ。わしはさっき、起きたばかりだ」

「お豆腐屋さんかパン屋さんを、やってらっしゃるんですか？」

すぐにバカなことを聞いたと思った。ならばこの時間、外に出ているわけがない。

「わしは元旋盤工だ。でも現役時代は、七時半から働いたよ。月曜から土曜まで毎日だ。五十五年やった。五十五年だ。盆暮れ正月以外、ほとんど休むことはなかった」

老人は自慢するように、身体の割には大きな左手を開いて見せつけた。この手とともに歩んできた。そう言いたげだ。

「昔は五時起きだったが、今は三時ごろには目が覚める。その分、床に就くのも早くなる」

かすかに震える指で器を支えた老人は、右手の箸を握り直している。

「何時にお休みになるんですか？」

「五時半か六時くらいかな」

年とともに早寝早起きになるとは聞くけれど、そこまで前倒しになるとは。

「茶の間でテレビをつけてると、孫の勉強の邪魔になるからねえ。じっとしてるのも性に合わないから、毎朝散歩に出る」

聞けば、同居の孫息子はふたりおり、下の孫が大学受験を控えているため、家の中で大きな音を立てないよう気を遣っているらしい。本人は「遠慮せずにテレビを観てよ」と、言うとのことであるが。

「東大を目指しとる。下のは昔から、勉強ができる」

「すごい。将来が楽しみですね」

「上の孫はもう働いてる。いいって言うのに、毎月給料が出ると、わしに小遣いをくれる」

「やさしいお孫さんたちですね」

「なあに、あいつらが小さいころ、こっちはさんざん小遣いをやったから」

なんでも、孫たちの親、ひとり息子はタクシー運転手で、通院時は必ず病院まで送り迎えをしてくれるという。弁当屋にパートに出ている嫁も、頼む前にすべてやってくれるが、さすがに三時に起きて朝食を作れと言うのは、はばかられるらしい。

「わしはメシの中でも、朝メシが一番好きなんだ。朝メシは一日の活力だ。でもあと何回食えるかわからない。そう考えると、毎朝の一食が大事になる」

これまでの人生を振り返るような目をした老人に、千絵は胸を突かれた。

あと何回食えるか。毎日の朝食を慈む老人の気持ちを思うと、身が引き締まる思いがする。

「はんぺん、上がりました。こちらで切りましょうか？」

三角の白いたねをうやうやしく器に取り、たずねた。

「？」

「はんぺん、こっちで、切りますか？」

「おや、頼めるかい」

やっぱり、ちょっと小さな声だと、聞き取りにくいようだ。

うれしそうにはんぺんを食べている老人の姿に、やはり千絵は癒《いや》された。井波の顔がふいに浮かぶ。そして亡き祖母の姿も。

思えば、高齢者とこんなに話したのは久しぶりだった。祖父母は千絵が成人する前後に全員亡くなり、親戚《しんせき》で集まることも減っている。昼間の職場に、どこぞの院長らしき偉そうな高齢者が出入りすることはあるが、千絵と口を利くことはまずない。

「やさしいねえ、女将《おかみ》さんは」

「そんなことはないです。息子さんの奥さんの方が、ずっとおやさしいでしょう」

微笑んで千絵を見ていた老人は、すっと視線をそらした。照れているのだろうか。でもこうして、小さなことにも感謝する人だから、家族に大事にされているのだろう。

「これで炊き立ての飯があれば、言うことないねえ」

そうして千絵に、使命感が芽生えた。

わが人生に悔いなし。あとは毎朝のごはんを楽しむだけという老人を、応援したくなったのだ。また、ご飯があるとなれば、毎日来てくれるかもしれないし。

「明日《あした》なら。明日は炊き立てのご飯を、用意しておきます」

「おや、そうかい？　そりゃうれしいねえ」

「はい、必ず。明日のお越しをお待ちしております」

千絵はつい大声になりそうなところを抑え、約束した。

＊＊＊

翌日、ＯＬ仕事が終わる三十分前から、千絵は帰り支度を整え始めた。

「辻さん。今日はずいぶん急いでますね」

美容室リリーの営業は夜八時までだ。さっさとあいさつして、さっさと帰らないと、仮眠が取れない。今日はまだ水曜日。一時間でも寝ておかないと、明日にはバテてしまう。

「お店やるって、大変ですねー」

千絵の隣のデスクにいる和歌は、のんびりした調子で声をかけてくる。いつもはのんきな和歌に癒されている千絵だが、今日はちょっと癇《かん》に障った。

「そう、大変なの。私もあいさつに行かなきゃとは思ってたんだけど、なかなか行けなかったの。でも一階と二階だし、水漏れとかトラブルが起こる前に、今日行っちゃおうって」

　理由を変えて説明した。

　和歌はおでん屋に来てくれたことがない。真夜中の営業ゆえ、仕方がないとわかっているが、ついついキツい口調になってしまう。

「最近いろいろ忙しくて、バーの方も行けてないんですよ。でも今度、時間作って、おでん屋さんにも行きますね。週末はカレシんちに行くことが多いから、無理かもですけど」

「……うん、ありがと。待ってる。でも無理しないで」

　千絵の気持ちを見透かしたような和歌に、ドキッとした。元々勘のいい子だが、千絵が仕事の合間に読んでいる心理学関係の本を、居眠りしている間に盗み読んだのかもしれない。

　などと、根拠不明の疑心暗鬼になってしまうのは、寝不足に加え、リリーの店長へのあいさつを前に緊張していることもあるのだろう。

　仕事帰り、おでんを携え、美容室リリーを訪れたのは午後六時前だった。

「いらっしゃいませ」

小皿に盛り塩が置かれている出入り口ドアを開けると、還暦を過ぎたくらいの小柄な女性と、三十前後と思われる大柄でふくよかな女性が、黒いエプロン姿で働いていた。あのふたりが、リリーの店長とその娘だろう。

美容室というよりパーマ屋といった方が似合うような、昔ながらの店がまえである。クリスマスツリーが飾ってあり、客は頭をラップで覆われた年配女性がひとりいるだけだ。

「すみません、私、一階で夜中におでん屋ふみを始めました、辻千絵と申します」

職場のプリンターをコソコソと使い、急きょ作成した名刺を差し出した。

「ああ、おたくが、おでん屋さん」

店長の方が近づいて来て、千絵の全身に視線をはわせた。瑠璃色《るりいろ》のパワーストーンのブレスレットをはめた左手で、つまむように名刺を受け取られる。

「いつ来るか、いつ来るかって、待ちくたびれたわよ」

「あの、申しわけありません。いろいろ忙しくて、ごあいさつが遅れてしまいました」

先制パンチにドギマギする千絵に、娘から助け舟が入った。

「もう、お母さんたら、そんなトゲのある言い方しないの。すみません、母は口が悪くって。私は中司美智《なかつかさみち》といいます。どうぞよろしくお願いします。その人は母の久美《くみ》子《こ》で、この美容室の店長です」

「美智、余計なこと言うんじゃないよ。自分の名前くらい、自分で言えるよ」

唇を尖《とが》らせた久美子は、さほど長くない黒髪を無造作にひっつめている。美智の方はさすがに若い美容師らしく、栗色に染めたシャープなショートで、前髪に赤いカラーをひとすじ入れ、しゃれたヘアスタイルだ。

「おでん屋さん。久美ちゃんはいつもこんな感じだから、気にすることないよ」

常連らしい女性客が、さらにフォローしてくれた。

「あの、これ、ほんの気持ちです。少ないんですけど、うちのおでんをお持ちしました。よかったら、召し上がってください」

「あらぁ。これは、これは。悪いわねえ。気ぃ遣わなくてもいいのにさぁ」

進物用の今治《いまばり》タオルの箱と大ぶりのタッパーが入った紙袋を差し出すと、久美子の態度が豹変《ひょうへん》した。結構現金な人のようだ。

「早速今晩のおかずにしよう。美智、今日はご飯炊くだけでよくなったよ」

「お気遣い、ありがとうございます。おかず、悩んでたから、助かっちゃう」

喜ばれ、ホッとしたのもつかの間、久美子はふいに核心を突いてきた。

「ところで、おでん屋さん。おたく、占い師なんだって？」

「なに占い？　こうやって、やんのかい？」

からかうようなしぐさで、易者のまねをしてみせた久美子に、千絵は遠慮がちに応《こた》えた。

「あ、ええ、はい。まあ……」

「いえ……あの、おでんで占います」

「ぷっ、おでん？　へえ、あんた、おでん占い師なの？」

すっとんきょうな声を出された。美智も微妙な表情でこっちを見ている。

「あの、意外とあたるんですよ。選んでもらったおでんで、鑑定するんですけど」

千絵はハッタリを利かせた。ここでひるむとバカにされる。

「じゃあ、やって見せてよ」

「えっ？」

「おでん、持って来てくれたんでしょ？　今、ここでやってみてよ」

「お母さん、無茶言わないの。辻さんも遊んでる暇ないでしょう。ねえ？」

美智のひと言で、千絵の腹が決まった。

確かに自分の占いは、娯楽以外のなにものでもない。しかしやると決めた以上、単なる暇つぶしにしたくない。自分はおでん占いで人を励まし、おもしろい女を目指しているのだ。

「いいえ、大丈夫です。今、占ってさし上げます」

　ふたりで出入り口ドアの横の、待合スペースまで移動した。

　久美子に小皿と箸《はし》を持って来てもらい、ガラステーブルにタッパーを置いて、おでんだねを選ばせる。この人は結構おしゃべり好きと見た。なんとかがんばってみよう。

　L字形の小さなソファに座った千絵は、自分の斜め右前に腰かけた久美子に、挑むような気になった。幸いにもこの座り位置は、スティンザー効果が発揮される位置だ。相手の正面に座ると敵対しやすいが、真横や斜め横は同調関係を築きやすいのだ。

　高みの見物とばかりに、美智がソファのそばに寄って来た。その背後の天井近くには、酉《とり》の市《いち》の大きな熊手が飾られている。

「性格見られると思ったら、おでんひとつ選ぶにも、緊張するねえ」

　久美子は急に真顔になり、おでんが整然と並んだタッパーの中を吟味し始めた。単に面白がられているだけと思ったが、盛り塩といい、パワーストーンといい、久美子はわりに験をかつぐ人なのかもしれない。

「よし。ちくわだ、ちくわ。ちくわにする。私は昔っから、ちくわが好きなんだ」

　意を決したように告げた久美子に、千絵は深くうなずいた。あらかじめ考えていたちくわのイメージを頭の中で整理し、一拍置いてうやうやしく告げる。

「店長さんは、ものごとを素直にとらえる方のようですね。よくない言い方をすると、単純というか――」

ちょっと、先制パンチのお返しを。占いにかこつけると、人には言いづらい言葉も使いやすくなる。

「えー？　なんだい、それ」

久美子は腕組みをして背をそらし、口をへの字にした。

「……ちょっと気に入らないことがあると、すぐふてくされたりしませんか？」

「そうそう。お母さん、すぐへそ曲げる」

「そんなことないよ」

「あっはっは。久美ちゃん、あてられてるじゃないの」

美智はおかしそうに言い、客は雑誌を手に茶化してくれる。

「……ふん。そりゃあんた、年取れば誰でも、多少はこらえ性がなくなるでしょうよ」

外野の反応に、久美子は苦笑いを浮かべた。

私のやり方はまちがってはいない。千絵は自信を深める。

「普段は大胆に行動されるようですが、いざとなると、消極的になってしまうこともあるようですね」

「ブー。そりゃはずれだね。私はこうと決めたら、まっしぐらだよ」

「あの、確かにそういう部分もあるでしょうが、でも、ちょっとは……」

ピンチ到来、胸をそらした久美子に焦ったところへ、美智が口をはさんでくれた。

「ううん。お母さん、いざってとき、急に引いたこと、あったじゃない。この店、古いでしょう？　だから今風にリフォームしようって、二年くらい前、図面もできて、新しいシャンプー台も椅子もぜーんぶ選び終わって、さあ工事だって日に急にやめるって、工務店の人、追い返しちゃったことがあったんですよ。お母さんが自分で言い出したくせに。で、結局同じような色の壁紙だけ貼り換えて、洗面台のシャワーヘッドを新しくして終わったの。レイアウトは昔のまんま」

とほほ、といった調子で美智はしゃべると、壁の時計に目をやり離れて行った。彼女は客をシャンプー台へと促している。耳をダンボにしていたらしい客は、「私はこのまんまの雰囲気の方が落ち着くよー」と久美子を慰め、歩いて行く。

「あれはさ……美智にそそのかされて、勢いで決めちゃったからだよ。でも、まだ十分使えるものを捨てるようなまねするなって、天から声が聞こえてきたのさ」

客に笑顔で応じ、またこちらへ顔を戻した久美子は、つぶやくように言った。

「娘さんに？　さっきはお母さんが言い出したとおっしゃってましたが」

「違うの。こんな雰囲気のまんまじゃ、若いお客が増えない、生き残れないって、美智が不満そうだったからさ。でもあの子が直接、私に言えないのはわかってた。だから私からやろうって言ったの」

「娘さんの気持ちを尊重してのことだったんですね」

「あの子には、この店くらいしか、残してやるものがないからね」

しんみりした口調に、ここにキモがあると千絵は感づく。リフォーム自体は悪いことじゃないだろう。それを娘が母に言い出せない理由。きっとワケがあるのだ。しかし千絵は、直接たずねない。

「娘さん想いの、やさしいお母さまですね」

「やだもう。よしてよ、そんな」

久美子は照れながら声を潜め、奥のシャンプー台の方をうかがうようにした。美智は客と話しながら、シャワーを勢いよく使っており、こちらの話が聞こえている様子はない。

「思い出がつまってる店だから、もう少しこのままにしときたいって思ったんだ。最初はすっぱり切り替えて、心機一転、出直そうと思ったんだけどさ」

「だからちくわを選ばれたんですね。『実は苦労人』という意味のあるちくわを」

「やだ、ちくわってそうなの？……まあ、多少の苦労は、誰でもしてるだろうけどさ」

「これまで、山あり谷あり、だったんじゃないですか？」

久美子は千絵をまっすぐに見てきた。

仕事柄、身だしなみには気を遣っているのだろう。丁寧におしろいを塗り、ピンクの口紅を引いているが、年相応のシミは隠せない。目尻《めじり》のしわはファンデーションのせいで、かえって目立っている。

「失礼ですが、ご主人はどうされてるんですか？」

すっかり落ち着き、相手を観察する余裕ができた。千絵の質問に、久美子はため息をひとつ吐き、穏やかに笑いかけてきた。鑑定内容はバーナム効果をねらったものだが、どうやら心の琴線に触れたらしい。

「とうの昔に死んじゃったよ。美智は父親の顔も知らないのさ。亭主が死んだとき、あの子はまだ、私のお腹にいたからね」

「え？　妊娠中に？……それは大変でしたね」

千絵は思わず目を見張った。

「女がひとりで子供育てるなんて、よくある話だけどさ」

「失礼ですが、美智さんはおいくつなんですか？」

「三十一。まだ独りだから困るわ。いい人もいないみたいだし」

「では三十一年もの間、おひとりでがんばってこられたんですね」

胸を張って腕を組んでいた久美子は、いつの間にか両手をだらりとソファの上に置き、背もたれに身をあずけている。こちらを威圧する気持ちが消えたということだろう。ぴったり閉じられていた膝《ひざ》も、ロングスカートでテントを張るように開いている。

これは相手に心を許したというサインだ。

「亭主も美容師だったんだけどさ。バクチ好きな人でねえ。せっかくふたりでこの店を始めたのに、ちょっと目を離すといなくなっちまう。自分も髪結いのくせに、典型的な髪結いの亭主だったのさ」

千絵はうなずきながら、耳を傾ける。井波のまねをして、目を細めたりしてみる。

「でもよすぎるくらい、人がよくてねえ。他人の借金の保証人になって、あげくその人に逃げられてさ。でもそれで目が覚めたんだろうね。ようやく仕事に身が入ったと思った矢先、交通事故であっけなく死んじまったのさ」

久美子は悲しみをかみしめるように、とつとつと話している。

「だから私が借金は引き継いで、完済したの。亭主の目を覚まさせてくれた借金だもの。放り出すわけにはいかないでしょ」

「ここを切り盛りして、ひとりでお子さんも育てながら、ですか」

なんと、なんと。久美子は思ったよりも、苦労していた。

「さっきは変な言い方になってしまいましたが、きっと中司さんが明るく、単純と誤解されるくらい、まっすぐ生きてこられたからこそ、困難を乗り越えられたんでしょうね」

「それほどでもないけどさ。……まあ、大変なときほど、笑って過ごそうとはしてたよね」

「だから、きれいな笑いじわがあるんですね」

久美子は恥ずかしそうに目尻に指をやり、軽く拭《ぬぐ》ってみせた。ちょっと涙がにじんでいる。少しは励ませただろうか。

「苦労の時間なんて、終わっちまえば夢みたいなもんだよ。無事に借金も返せたし、今じゃ美智もいっぱしの美容師になって、こっちの方が助けられてるくらいだよ」

そう言って久美子は、娘を頼もしそうに見つめた。美智はスタイリングチェアに戻った客の頭を、タオルでゴシゴシと拭《ふ》いている。

こんなにも温かいまなざしを、娘に向ける母親がいるのだ。千絵はふたりの関係がうらやましくなった。

「ちくわは『将来の見通しがいい』という意味もあるんです。娘さんもいい伴侶《はんりょ》を見つけて、お店も悪い方にはいかないと思います」

「そりゃよかった」

久美子は満足げにうなずき、ゆっくりと立ち上がった。ちくわの載った小皿を手に、シャンプー台の壁の裏、バックヤードのようなところに引っこんで行く。

おいとまにつながる会話はしなかったが、一応成功したようだ。ホッとしながら千絵が立ち上がると、奥から久美子が戻って来た。

「あら、おでん屋さん。もう帰るの？　お茶でも飲んできなさいよ」

「すみません、ありがとうございます。でも、あの、私、帰らないといけないんで」

「ひとり暮らしじゃなかったの？　家で誰か待っててんのかい？　このちくわ、せっかく食べようと思ったのに」

コートを羽織りながら応《こた》える千絵に、久美子はたずねる。湯のみとちくわの小皿、そして煎餅《せんべい》が載ったお盆を携え、残念そうに立っている。

「いえ、待ってる人なんていませんけど、ちょっと、仮眠を取りたいと思ってまして」

「仮眠？　え？　昼間はＯＬ？……へーえ、そこまでしておでん屋やるなんて、よっぽどなんだねえ。どこに住んでんの？　西ヶ原？　行って帰ったら、寝る時間はほとんどないじゃないのさ」

もう理由を話している暇はない。苦笑いで後ずさる千絵に、久美子はいいことを思いついたように言った。

「そうだ。この奥で寝てけばいいわ。休憩室、使っていいよ」

「ええっ？」

案の定、シャンプー台の裏は物置兼休憩室だった。イエロービルは単純な箱型の造りだから、一階と同じ面積のはずだが、その小部屋のせいで、下より手狭な印象を受ける。

「あんた、目の下にクマできてると思ったら、慢性の寝不足だったんだね。そしたらさ、これからおでん屋始まるまで、ここで寝るといいよ。家帰るより、ずっと楽できるでしょ。鍵《かぎ》はドアの前の幸福の木の下に隠しといてくれればいいからさ」

「あ、あの、それは……」

「駅のあっち方《かた》に銭湯があるよ。脱衣所の天井に宇宙の絵が描いてあるの。テレビにも出たらしいよ。そこで垢《あか》を落としてすぐに寝れば、そのテレンテレンしてかったるそうな身体も、しゃきっとするってもんだろさ」

久美子は千絵の腕をつかみ、グイグイと引っ張ってくる。大浴場の心地よさを想像し、一瞬迷いが生じたが、ハッと我に返った。ヘルプとばかりに美智に視線を送るが、ドライヤーの音で聞こえないのか、真剣な顔でブローの真っ最中だ。

「すみません、また今度。今度、今度お願いします」

「遠慮することたないよ。今はカラスの濡《ぬ》れ羽《ば》色《いろ》のその黒髪も、眠らないと、ツヤがなくなってくるよ」

「あの、店で出すおでんが家に置いてあるんで、やっぱり帰ります」

千絵は半ば強引に腕を振りほどき、ガバッと頭を下げて出入り口のドアを開けた。

「どうもありがとうございましたー」という、のんびりした美智の声が聞こえてくる。

こんなに信用されるとは。占いが成功するのも考えものだ。

千絵は困惑しながら、コンクリートの階段を駆け降りた。そして道路に出ると、バーのはめ殺し窓の前でいったん立ち止まり、自分の姿を確かめた。

そんなにだるそうにしていただろうか。くたびれ切った中年女のように、年上の人から言われたのは結構ショックだ。

と、カウンターの遠藤に気づかれそうになった。千絵はそそくさとその場から離れ、一目散に駅へと向かった。

＊＊＊

その夜、開店とほぼ同時に、ユキナがやって来た。

「いらっしゃいませ、こんばんは」

「こんばんは。千絵さん、なんだか今日はとってもすてき。すごくきれい」

「え、本当ですか？」

開口一番、ほめてくれたユキナに、背筋を伸ばして、千絵は笑顔を作る。

ユキナの指摘は当然だった。今日のおでん屋ふみの女将《おかみ》は、やけに化粧が濃いのである。

美容室リリーから帰り、速攻でシャワーと食事をすませてベッドに入った千絵だったが、結局まんじりともできなかった。占いが成功し、興奮していたせいかもしれない。

そこで、どうせ寝られないのならと起き出し、ドレッサーの前に座った。最初に目の下のクマを隠そうとコンシーラーを塗ったところ、そこだけ白浮きしたので、ファンデーションを厚く盛った。すると眉《まゆ》がなくなったので、眉墨を強く描き、ついでにマスカラを施した。強調され過ぎた眉とアイラインとのバランスを取るため、引き出しの奥に眠っていた、ブルーのアイシャドウも塗ってみた。そのあたりから化粧をするのが面白くなり、頰紅を入れてしまった。そうなると、いつものベビーピンクの口紅ではもの足りない。いっそド派手にしてやれと、大昔免税店で買ったシャネルの赤いルージュを引き、最後は普段首元で結わえているだけの髪も、頭頂部でポニーテールにし、白いシュシュを飾りつけ、ご丁寧に顔の両サイドのおくれ毛をカールして垂らしたのだ。とどめは大ぶりのターコイズブルーのイヤリングと、同系色の大きなペンダントのネックレスだった。

「うん、きれい、きれい。すてき、すてき」

ユキナは手を叩《たた》いてほめてくれる。遠藤にはなにも言われなかったので、他人から見ると、大した変化ではないのかなと思っていたが、違ったようだ。千絵は密《ひそ》かに自信を持つ。

千絵は面長と長い直毛だけが取り柄の、地味な顔立ちだ。この化粧で割烹着《かっぽうぎ》が似合っているのかどうか。しかし気分が上がり、しゃきっと出勤できたことは確かだった。

上機嫌でおしぼりと瓶ビール、グラスをユキナに差し出した。

「どうしたんですか？　その手」

なにげなく千絵はたずねた。店に入って来たときから、ユキナの左手の甲に白い包帯が巻かれているのが気になっていた。今日はその中指に、ユキナの年ではちょっと早い印象の、大きな赤い宝石の指輪が光っている。

「ママにやられちゃったの。ママの爪、やっぱ、切らないとダメみたい」

認知症気味の母親に、昔のようにきれいになってほしいと、ユキナは母親の手の爪を長めに整え、赤いマニキュアを施したという。さらに母親が大事にしていたダイヤの指輪をはめてあげると、母親は満足そうな顔を見せたらしい。

「でもその爪とか指輪が、凶器になっちゃった」

それまでニコニコしていた母親は、急に不機嫌になったかと思うと、両手をばたつかせ、制するユキナの手に傷を負わせたのだった。

「……変な話、顔じゃなくて、よかったですね」

「ほんとそうです。ほっぺにバンドエイド貼って、店には出らんないもんね」

ユキナは明るく言い、牛スジと大根をオーダーした。

「でもね、ケガして、ちょっとよかったことがあるんです」

「なにがあったんですか？」

「あっちゃんが、すっごく心配してくれたんです。包帯の上から、両手でずーっと、私の手をなでてくれたの」

ビールをおいしそうに飲み干し、ユキナはすぐに手酌でおかわりを注いだ。そしてそのときのことを反芻《はんすう》するように、うっとりとした目つきになった。

「私、千絵さんに励ましてもらったじゃないですか。でもやっぱり勇気が出なかったの。でもそんなことされて、人生の主役になろうって気になっちゃった。でもやっぱ、どうしようって、直前で思ったんだけど、でもやっぱ、思い切って好きですって、コクったんです」

大根を突《つつ》きまくりながら、ユキナははにかんだ。

「わ。すごい。そしたら？　そしたら？」

高校生に戻ったような気分で、千絵は話を先へ促す。これまでしたことのない濃い化粧が、妙な解放感を連れてきていた。

「気持ちはうれしいけど、恋人になるのは難しいって」

「え……」

「あの人、実は奥さんいるんだって。独身だって、私に嘘ついてたみたいです」

なのになぜか、ユキナの表情は明るい。

「ごめんなさい。私……どうしよう。焚《た》きつけるようなこと言っちゃって」

「違うの、千絵さん。私、告白してよかったと思ってるんです。だって占いに、誘えって出たんでしょ？」

「え、あ、それは、まあ……」

「妻を裏切れないいって言われました。自分は夫としての責任があるから。でもせっかくのユキナの気持ちは大事にしたいから、いつでも電話してきていいよって。会えるときは会って、食事でもしようって言ってくれたの！」

　ユキナは喜色満面で、つぶし割った大根をかきこんだ。そして牛スジに黒七味を山ほど振りかけ、串《くし》をつまんでガブリとやる。

「あたし、やっぱりこの人だ、あっちゃんは誠実な人だって思った！」

　ビミョーに同意しかねる。それは本当に誠実な行為なのだろうか。

「ケガの理由、ほかのお客さんには、料理の最中にちょっとぶつけたって嘘ついたんだけど、あっちゃんには正直に話したんです。もちろん、両親を介護していることも言いました。だって、あっちゃんが正直に言ってくれたのに、私が嘘つくわけにはいかないでしょ」

　ユキナはあっという間に牛スジを食べてしまい、たこを追加注文した。

「あっちゃんと一緒にいたい。私、心からそう思いました」

千絵の笑顔は引きつってゆく。

「私だって幸せになる権利はある。人生の主役になれる。そうでしょ？　千絵さん」

「う、うん。そう……そうです」

「ね、千絵さん。あっちゃんが奥さんと別れるか、占って」

大ぶりのタコの足をふた口で平らげ、ユキナは哀願するように言ってきた。

「あの、おでん占いでいいんですか？　もっとちゃんとした、っていうか、ほかの占いの方がよくないですか？」

ユキナの目は恋する女のそれを超え、獲物に狙いを定めたチーターのようだ。

「やっだー。やってる本人が、そんなこと聞くー？」

確かに。責任の重さにひるみ、つい逃げたくなった。自分はおでん占いで人を励ますと決めたのに。しかしこの場合、どうやって励ませばいいのだろう。

「あの、あっちゃんさんは、奥さんと結婚して何年なんですか？　お子さんは？」

結局は人生相談なのよ。ふいに井波の声がよみがえり、とりあえず情報収集とばかりに、千絵はたずねた。

「子供はいないの。なかなかできないんだって。奥さんは今三十で、あっちゃんより六つ下。結婚して六年経って、あっちゃんは、奥さんに対して好きの気持ちがだいぶ薄れて、空気みたいになったから、神さまが子供を授けないのかもねって」

「……はあ」

「これからはもっとお店に来るようにするとも言ってくれました。そうそう、あっちゃん、副業で宝石とかアクセサリーを売ってるんです。この指輪、あっちゃんから借りたんですよ。ほかの人には貸したりしないけど、ユキナは特別だって。自分に似合うかどうか、本当にほしいのか、しばらく使ってから決めればいいって言ってくれたんです」

「……それで、どうするんですか？」

「まだ借りて二日なんだけど、やっぱり買おうかなあって。千絵さんはどう思います？　似合わない？　みんな大き過ぎるって言うんだけど、私、気に入ってるんですよね」

てっきり母親の指輪をしているのだと思った。そういう事情のものだったとは。親のことで苦労しているユキナには、是非幸せになってもらいたい。不幸な選択は、してほしくない。そのためには、なにを言ってあげればいいのだろう。

ある程度ユキナのことを知ったのだから、この間久美子を占ったときのように、気持ちをくみ、くすぐりながら、「この恋はうまくいかない」と伝えるのも手だろう。しかしこの人が、そんなことで簡単にあきらめるとは思えない。「不幸なことが起こる」など、脅せば効くかもしれないが、汚い手は使いたくない。心理学の本には、そういった人間の不安心理を利用する、古典的テクニックも書かれていたが、それこそ詐欺まがいの行為だ。自分にはできない。

千絵自身は不倫には反対だけれど、妻子ある人との恋も、恋に変わりはない。宝石売りの件はともかく、自分の価値観を押しつけるような占いは、人を励ましているといえないだろう。頭のいい人なら、そのへんもうまくまとめ、相手を納得させられるのかもしれないけれど、千絵には無理だ。

ではどうするか。

言葉の代わりに、身体が動いた。白い包帯の手の上に、千絵は自分の手を重ねた。突然女将《おかみ》に手に触れられ、ユキナはちょっと驚いたようだ。でもそうやって手を撫《な》でているうち、彼女は子供が親に甘えるかのような顔で、千絵を見上げた。

そのとき、突然ドアが開いた。

「いらっしゃ……」

現れた男の姿に、千絵は息を呑《の》んだ。

無難なスーツに、サンドベージュのトレンチコート。中肉中背の平凡な容姿。でも、自分にとっては特別だった人。

やって来たのは松田《まつだ》弘孝。千絵の別れた恋人である。

「やあ。久しぶり」

「……こんばんは」

かわした短い会話に、女の勘が働いたのかもしれない。「そろそろ帰らなきゃ」と、ユキナは急に椅子から立ち上がった。

「え？　あ、占いはいいの？」

「はい。また今度にします。パパの注射、見てあげなきゃいけないの、忘れてた」

あるいは、他人がいるとゆっくり占ってもらえないと、ユキナは考えたのかもしれない。

「お先しまーす」と、弘孝にも営業用スマイルであいさつし、ユキナは元気よく店から出て行った。

千絵は突然、元カレとふたりきりになった。

「誰に聞いたの？」

真夜中のおでん屋を始めることは、和歌以外、家族にも話していない。弘孝が知る千絵の友だちは三人いるが、いずれも子育ての真っ最中で、まだ別れたことも伝えられないでいる。

「マンションに行ったら、管理人さんに『毎晩キャリーバッグを引いて出かけてるけど、転職したのか』って、聞かれたんだ」

千絵のマンションの管理人は、一階の端に暮らす独身の初老の女性だ。彼女は大家の親戚《しんせき》で、廊下の掃除やゴミ置き場の管理をする代わりに、格安で住まわせてもらっているらしい。高齢の入居者の手助けをするいい人だが、噂好きで、会えばいろいろ質問される。千絵は避けるようにしていたが、しっかり目撃されていたらしい。

「どうして、私のマンションに来たの？」

「なんとなく、気になって」

〝捨てた女の住まいをたずねる心理〟は、本にも書かれていなかった。

「彼女に話したら、調べてみましょうって言われたもんだから……」

「彼女？　彼女って、もしかして、香里って人のこと？」

喜んだのもつかの間、心に冷たい風が吹く。元は有名劇団の劇団員で、新たな劇団を立ち上げていると、別れるときに聞いた。その見たことのない、見たくもない女の姿を、また想像する。

「調べてって……つまりそれは、私のあとをつけたってこと？」

「いや、僕じゃなくて、……その、知りたいなら、私が調べてあげるって言ったから、そこまではって言ったんだけど、聞かなくて……。ほんと、思いついたら即行動で、まいっちゃうよ」

彼女の奔放さに、弘孝が振り回されている様子がうかがえる。けれどそんな「おもしろい人」の方を選んだのは、あなた自身よと、千絵は心の中で毒づく。

「それで彼女さんは、『あなたが捨てた女は、おでん屋やってます』って報告したんだ」

「捨てただなんて、そんな風に言わないでよ」

弘孝は顔をゆがめ、即座に否定した。

たぶんこの人は、本当に「捨てた」感覚はないのだろう。ただバカ正直に、自分の心のうちを全部しゃべってしまう性質《たち》なのだ。そして彼女と会う口実だけは、嘘でごまかしていたのだから、見事というほかない。

「気を悪くしたなら謝るよ。でも心配だったんだ。もう寝ようかって時間に、外出するなんて。以前と同じ仕事のようだし、実家で誰か具合が悪いのかなと思ったり」

この期に及んで、千絵は自分が情けなくなる。今カノに自分を尾行させたことを怒りもせず、自分や家族を心配してくれたことに、感激してしまったからだ。

「……どうぞ、座ってください」

席を勧められ、弘孝はホッとしたようだった。腰を落ち着け、ビールと厚揚げ、ぎんなんを注文し、店内をじろじろと観察し始めた。千絵は怒っていないらしいと、安心したのだろう。

「なんだかバーみたいなお店だね」

「零時までは普通のバーだから。そのあとの店を借りて、やってるの」

「変わってるね。営業時間が真夜中だなんて。……占いまでやってるんだ」

ラミネート加工されたメニューの最後に、「おでん占いします」の文字を見つけ、弘孝はちょっと意外そうに言った。

「こんなことをやる人とは、思ってなかったよ。化粧もずいぶん濃くなったね」

「いや、あの、これは……ちょっと違うの」

思わず頬をこすって、うつむく。なにごとにおいても地味路線で、職場でも家でも目立たぬように気をつけてきた千絵だ。それは母親の意向であり、弘孝の好みでもあった。

「あんな客、よく来るの？」

箸《はし》でつまんだ厚揚げを吹き冷ましながら、弘孝はたずねた。

「あんな客って？」

「ホステスとか、水商売関係の人だよ」

「まだお店、始めたばっかりで、そんなにたくさんお客さんは来てないけど……」

ユキナのことを「あんな客」呼ばわりした弘孝に、千絵は複雑なものを覚える。

「あの人、あの年で両親の介護しながら働いてるの。まだ独身なんだよ。偉いよね。それで占いもしてあげたの」

「ヤングケアラーか。親もあんな仕事の娘に世話されるって、どうなんだろうね」

そこから千絵は、弘孝となにをしゃべっていいのか、わからなくなった。話したいことは山ほどあったはずなのに。あからさまにユキナを否定する弘孝への反発心が、千絵に言葉を出させない。

天井のエアコンが、風の音を軽く響かせている。弘孝も無言で、ぎんなんを一粒かじり、ビールで流しこんでは、また食べるを繰り返している。

「君がそんな風になったのは、すべて僕のせいだね……」

つぶやき、ぬるくなったグラスのビールを、弘孝はあおった。

「……ありがとうございました」

元カレのうしろ姿をカウンターの中から見送ると、千絵は呆《ほう》けたようにしゃがみこんだ。

万事に保守的な弘孝に、真夜中のおでん屋を理解してもらえるとは思っていない。けれど、堕《お》ちた女として見られるのは心外だ。

いや、ほんの数か月前まで、自分もユキナのような女性のことを、弘孝と同じような目で見ていたのだ。自分が夜の街で働くようになって、自分もその立場になってみて、初めてわかった。私たちは決して、白い目で見られるようなことはしていない。懸命に生きているだけだ。

一方で、弘孝が会いに来てくれたことは素直にうれしかった。あの人とやり直せたら、どんなにいいだろう。どんなに安心できるだろう。

自分は「おもしろい女」になって、あの人を見返すために行動したけれど、結局は中学生がグレる心理と同じだったのかもしれない。

もう一度、弘孝に振り向いてほしい。「今すぐおでん屋なんかやめる。バカなことをしたと目が覚めた」と言えば、弘孝は千絵を見なおしてくれるだろうか。

人生なんて、しょせん死ぬまでの暇つぶし。どんなことも楽しまなきゃ損々。

わかっていても、やはり弘孝に会ってしまうと、宇宙から自分を眺められない。彼との別離はとてつもなく大きな出来事で、悲しみを楽しむなんて、できやしない。

「忘れものをした」と、彼が戻って来てくれないだろうか。いや、自分が今すぐ追いかけて行くべきか。

もう一度、弘孝の顔が見たい。

——ガチャッ。

千絵の心の叫びが、神さまに聞こえたのかもしれない。

出入り口のドアが、大きく開いた。

第三話　生まれ変わるぞ

「おーう。ひとり。俺ー、ひとり」

おひとりであることをやけに強調して入って来たのは、知らない中年男性だった。彼のネクタイは「そこまで緩むか」というほど、太い方が股下《またした》はるか先まで垂れ下がり、細い方は胸元三センチばかりで引っかかっている。

「……はい、どうぞ。いらっしゃいませ」

千絵はひそかに肩を落とした。

「なに、おでんー？　ここ、おでん屋なの⁉　——なーんつって、俺、おでん食いたくて来たんだったあ！」

男性は真ん中の席に着くなり、とろんとした目でひとりボケ突っこみをし、大口を開けて笑った。完全にできあがっている。絵にかいたような酔っぱらいの姿に、つい笑いがこみ上げる。「笑顔を忘れず」と井波に言われ、心がけてきたけれど、無理をしなくても自然と口角が上がってしまう。

「ずいぶんと楽しそうですね。どこで飲んでたんですか？」

私はおでん屋の女将《おかみ》だ。今は弘孝のことは封印し、しっかりおもてなしをしないといけない。笑うことでよみがえった責任感も、千絵の背筋をしゃんとさせた。

「そ。今日はいっちゃん早い忘年会。あと十五個あるけど、トップバッターが今日だったの」

「それはほんとに早いですね。まだ十一月なのに。ここは何軒目ですか？」

「五軒目……いや、六軒目かな？　もうわかんね。──俺、忙しいからさ。十二月、ほとんど、忘年会。でも俺と飲まないと年が越せないって、取引先に言われちゃっちゃあ、付き合わないわけにはいかないからさあ」

男性はくにゃくにゃした動きでおしぼりを手に取ると、広げないまま、目の周りをゴシゴシと拭《ふ》いた。彼の頬やあごひげは、少し不ぞろいに伸びてきている。

「大根とイカ天。それから、ちくわぶ。俺、ちくわぶ、大好きなの。ちくわぶ。それから生一杯、ちょうだい」

まだ飲むのか。と、こういう店をやる以上、顔にも口にも出してはいけないのだろう。

「すみません、瓶ビールしかないんです」

「おお、いいよ。ぜんっぜん、いいよ。瓶ビール、大いに結構！」

吹き出しそうになるのをこらえつつ、千絵はイカ天をおでん鍋《なべ》に沈めた。そして奥のコンロに別鍋をかけ、ちくわぶを煮始める。明るい酔っぱらいを観察するのは、結構楽しい。

「白い割烹着《かっぽうぎ》、いいねえ。やっぱ、女の人が割烹着姿で台所に立ってるっつーのは、いい」

「ありがとうございます。そう言っていただけると、張り合いがでます」

「そうお？　だったら何回でも言っちゃうよ。割烹着、イイッ！――化粧はもっと薄い方が、俺は好きだけどさあ」

「……割烹着、ほめてもらってうれしいです。でもこの化粧は似合ってないですかね」

「いやいや、似合ってますよ。似合ってます、似合ってます。俺が個人的に、割烹着には薄化粧がいいと思うだけ」

背後の声に、千絵はなんとかお愛想を返せた。以前ならここでぺしゃんとなり、「すみません」だけで会話は終わっていただろう。弘孝の登場でつい感傷的になったけれど、おでん屋を始めてからこっち、少しは強くなっているのかもしれない。

「あー、うんまい」

ビールを手酌したものの、少しも飲まず、男性は大根とイカ天を、かきこむように食べ始めた。空腹だったのだろう。しかし食べる様子は、思ったほど汚くはなかった。

「イケるね。これ」

男性はうなずきながら口を動かし、「ちくわぶ、も一個ちょうだい」と言った。

斜め切りにしたちくわぶは、特に味を浸みこませるため、ほかのたねとは別に強火で煮る方法をとっている。味はしっかりついているが、少し芯《しん》が残るか残らないかのアルデンテ。ちくわぶにうるさそうな男性が、これを気に入ってくれたことに、千絵は安心した。

「へえ、おでん占いかあ」

おでんを食べ終えた男性は、爪楊枝《つまようじ》を使いながら言った。やっとビールに口をつけ、いくぶん酔いが醒《さ》めたような様子だ。

「はい。選ばれたおでんだねで占います。やりますか？」

おくびをこらえるようにし、男性はうなずいた。この人を励ますことができれば、ちょっと自信がつきそうだ。

「どれになさいますか？」

「んー、じゃあさあ、やっぱ、ちくわぶだなっ」

男性はぎゅっとつぶった目を、大きく見開いて腕を組んだ。

「ちくわぶ――。お客さまは粘り強い性格のようですね。そう簡単には折れないところがあるようです」

「そうそう。俺、粘るよー。会社では『納豆の山田《やまだ》』って言われてっからさ」

山田の表情に、得意げな色が浮かんだ。おそらく仕事に一家言あるタイプだろう。この手の人は、自尊心をくすぐるのが一番だ。

「柔軟性もあるようですが、基本頑固ですよね」

「そうそう、頑固、頑固。あたってるじゃないの」

山田はうれしそうにうなずき、ビールはそっちのけで、「ちょっと、水くれる?」と言ってきた。どうして酔っぱらいは、限界なのに酒を注文しないと気がすまないのだろう。

「じゃあさ、今度の仕事がうまくいくか、占ってよ」

グラスの水を飲み干した山田は、身を乗り出してきた。

「俺、樹脂容器作る会社の営業やってんだけど、今度、ある食品会社に新商品の容器のプレゼンやることになってるわけ。ライバル社のヤツとどっちにするか、迷ってるんだな。ライバル社はうちと似たような企業規模だし、正直商品にも大きな差はないと思うわけ。つまり契約できるかどうかは、俺のプレゼン力にかかってるわけ」

「責任重大ですね」

「そ。デカい責任背負って、日夜労働してるんだよ、俺は。ただ飲んで、騒いでるだけじゃないよ。俺が今まで、どれだけわが社に利益をもたらしてきたか。ほんと、両手両足の指を使っても足りないくらい。そこのタコの足を借りたいくらいだよ」

「スゴ腕営業マンでいらっしゃるんですね」

「俺自身はよくわかんないけど。社内にはそう言うヤツもいるみたいね」

山田は顎《あご》を軽く上げ、鼻の穴を膨らませた。こうなると、かなりやりやすい。

「では、なにをお選びになりますか？」

「んー、じゃ、さっき食ったイカ天にしよう」

「はい、イカ天ですね。えーと、おっちょこちょい――凡ミスが見え隠れしているので、慌てないで、いつものように堂々とプレゼンをされると、成功すると思います」

「なんだ、凡ミスって。おっちょこちょい……？」

「あの、いえ、『うっかりミスに注意』ってことです。『たまのひと言』もキーワードなんですが、心あたりありますか？」

「たまのひと言？……いや」

「そうですか。──『じっくり付き合う』の意味もあるので──腰をすえて、時間をかけることで差が出るようですね。ライバル社より、プレゼン時間を長くしてもいいかもしれません」

「どっちが先にプレゼンするか、そのときにならないと、わかんないよ。俺があとならいいけど、あっちがあとだった場合、俺、どんくらい時間かければいいか、わかんないじゃん」

「…………」

「それに、長すぎるプレゼンは、嫌われる元なんだよ」

マズい。しょせん酔っぱらいだと、なめてかかったのがアダになった。

「ふん。今回のライバル社は、この分野では新規参入に近いし、食品会社もこっちとの付き合いの方が断然長いから、はっきり言って大丈夫なんだよ」

「あ、それですね。『じっくり付き合う』というのは」

最後はごまかすように笑ったけれど、山田はシラケ顔だ。やっぱり、うまく会話して情報を引き出し、占いにして励ますのは、高度過ぎるテクニックだ。

背中をそらし、別のことを考えている風になった男の様子に、千絵は一気に自信をなくす。

「あのさ、メシ炊いてんの？」

意気消沈していると、ふいに山田がたずねてきた。さっきから店内には、おでんのほか、ご飯を炊くにおいも漂っている。

「はい、もうすぐご飯が炊けます」

そのタイミングで、電気炊飯器から音がした。蒸らし時間が終わったのだ。千絵が炊飯器のふたを開けると、熱く白い湯気が天井まで一気に届いた。

「ああ、たまらん。メシ、食いたい」

しゃもじでご飯をまぜ返すと、山田が言った。熱い湯気が顔にあたり、千絵ののども思わずゴクリと鳴る。

「はい。おかずはなににしますか？　おでんをもう少し食べますか？」

「おでんはもういいや。だし茶漬けにしてくんない？」

「……承知しました。飲んだあとは、おいしいでしょうね」

思わぬ注文だった。ある意味家庭的過ぎる、料理といえないような料理で、お金をいただくのは申し訳ないと思っていたからだ。

千絵は大きめの茶碗《ちゃわん》にご飯をよそい、おでん鍋《なべ》のだしをおたまですくい、注ぎ入れた。

熱いご飯に、熱いだし。湯気が二倍になって立ち上る。その上にちょいとわさびを添え、白ごまを振り、ざく切りの三つ葉を天盛りにした。

「ああ、まいうー」

山田はハフハフしながら、うまそうにだし茶漬けをすすっている。

おでんのだしは具材から出た油も混じり、少し味が強い。本来なら少しお湯を混ぜるところだが、この人は濃い味を好みそうだったのでそのまま提供してみた。それが正解だったようだ。

「いやあ、うまかった」

「どうもありがとうございました。またどうぞよろしくお願いいたします」

だし茶漬けのような素朴な料理も喜ばれると知り、千絵はもう少し柔軟に献立を考えようと思った。おでんだねも、季節などで工夫していきたい。

「やっぱ、割烹着《かっぽうぎ》、いいよ」

「ありがとうございました。誰も言ってくれないから、ほんとにうれしいです」

「でもその化粧はやめた方がいい。あんたの顔には、似合ってねえわ」

「……少し見直すことにします」

ネクタイをきちんと結び直した男性を、それでも千絵は、手を振って見送った。

＊＊＊

「この店、所帯くさくなってきた」

「すみません。おでんのにおいが、壁に浸みついちゃいましたかね」

「違うわよ。バーとは思えないグッズが、あちこちにはびこりつつあるってこと」

小さく謝った千絵に、遠藤が嫌みっぽくあたりを見回す。

銀座《ぎんざ》の老舗《しにせ》バーほどではないにしても、茶色く渋い木製カウンターのバー・レーゲンボーゲンは、おでん屋のものが増えたせいで、少し日本の台所っぽくなってきた。

初めてご飯を炊いた夜、姿を現さなかった老人だったが、翌日にやって来ると、炊き立ての白いご飯を、うれしそうに食べてくれた。あまりに喜んでくれるので、箸休《はしやす》めの白菜のお漬けものや梅干し、塩昆布も準備することにした。店専用の小さな炊飯器も購入し、どうせならと、梅干し壺《つぼ》も見栄えのするものを買った。壺はカウンター内、作業台の上に置き、炊飯器もおでん鍋も、バー時間は棚に隠しているが、遠藤には少々目障りらしい。

「覚悟はしてたけど、こんなに早くこうなるなんて」

「家賃が安くなったんだから、少しくらい目をつぶってくださいよ」

「あなたも言うようになったわね」

じろりと切れ長の目でにらまれる。一瞬ひるんだが、千絵は笑顔を崩さない。遠藤は口ほどには、怒っていないとわかってきた。

「この梅干し、あなたが漬けたの？」

「はい。そうです」

壺のふたをとって中をのぞいていた遠藤は、千絵に断ることなくひとつつまみ、パクリと口に入れた。

「酸っぱくないですか⁉」

「酸っぱいわよ、そりゃ。梅干しだもの。あなた、自分が作ったくせに、なに言ってんの」

平気な顔でもごもごと口を動かし、遠藤は唇の下を梅干しの種のようにしている。見ているだけで、口の中につばが流れてくる。こんなに酸味に強い人、見たことがない。

「――なかなかイケるじゃないの」

肉厚の大きな梅干しを、結構な速さで食べてしまった遠藤は、口元を隠しながら種を手のひらに吐き出し、ほめてくれた。

「あ、それ、リリーの店長からよ。近所で寄り合いがあったから、作ったんだって」

シンクの水道で手を洗い、遠藤は作業台の端に置かれた紙袋をあごで指す。見れば、あいさつに行った際おでんを入れていた、大きなタッパーが入っていた。

おでん並みに重い、と思ってふたを開けてみると、小判型の黒いおはぎがびっちりと並べられていた。

「わあ、おいしそう！」

できたての小豆餡《あずきあん》のいい香りが立ち上る。つぶれずに残った小豆の皮が、ところどころで光っている。餡を指ですくって口に入れると、和菓子特有のさりげない甘さが舌に広がった。

「おいしい！」

がまんできずに客用の箸を失敬して、味見した。もっちりとした半殺しのもち米がうれしい。みずみずしい餡こに分厚くくるまれ、これだけで一食分になりそうだ。

「すごくおいしいですよ。遠藤さんもひとつ食べませんか」

「あたしももらったの。さっき三つもいただいちゃったわよ」

「なんだ。じゃ、私、ちょっと失礼して」

梅干しは、口直しだったのか。もうバーの客もいないので、千絵は営業前にそのままひとつ、腹ごしらえをすることにした。

「リリーの店長さん、あちこちで、ふみを宣伝してくださってるみたいで。ほんと、ありがたいです。店長と、親が友だちで、来たっていう、若いお客さんが、ちょこちょこと」

おはぎを食べる合間に、説明する。甘すぎない、しっとりした小豆餡だ。もち米の風味も新しく、いくらでも食べられてしまう。遠藤が一気に三つ食べたのも、むべなるかな。そういえば、小豆は魔除《まよ》けの意味があると、どこかで読んだ気がする。

「リリーの店長は顔が広いからね」

「おでん占いのことも、宣伝してくださってるようなんです」

「意外とあたるって、私も勧められちゃったわよ。へえ、そうなのって流しといたけど」

「……ありがとうございます」

カラクリをすべて知っている遠藤に、恐縮しながら頭を下げた。

実はリリーの店長を占って以来、占いを希望する客が増えていた。千絵がおでん占いに少し慣れてきたこともあり（納豆の山田は除く。基本的に占いは、積極的に楽しみたい人が相手でないと成り立たないとわかった)、お客はおでん占いを気軽に楽しんでくれている。

「おはぎはひとつずつラップして冷凍しておけば、大丈夫よ」

まだまだいっぱいあるなあとタッパーをのぞいていたら、遠藤がアドバイスをくれた。

心がじんわりと温かくなった。ここの仲間だと認められた気がした。リリーの店長といい、遠藤といい、ちょっと癖はあるけれど、みんないい人たちだ。

＊＊＊

その夜、またユキナがやって来た。もう十二月も一週間が過ぎ、大塚の街もそれなりに歳末感に覆われ、夜中まで出歩いている人も、心なしか増えた気がする。

「いらっしゃいませ。こんばんは」

今夜のユキナは、派手なデザインのイヤリングをしている。ちなみに千絵は、以前の薄化粧に戻り、長い髪も盆のくぼあたりでしばって、アクセサリーも着けていない。

「この間はすみませんでした。占いをしてあげられなくて」

「どうして謝るんですか。私が急に帰るって言ったんだから、千絵さんが謝るのは変ですよ」

ユキナは首を緩く振った。どこか無理に作ったような笑顔である。

「元気ないですね。ちょっと疲れちゃいましたか？」

「……今夜はタッチしてくるお客さんが多くって」

おしぼりを差し出した千絵に、ユキナはため息を吐くように応じ、冷えたビールを少し乱暴に注いだ。

「それはすっごく嫌ですね……」

「忘年会のあとの人が、多かったんです」

「やっぱり酔っぱらってると、そういうことする人が多くなるんですか？」

「てゆーか、普段来ないようなお客さんの中には、変に羽目を外したがる、勘違い男がいるんです」

「そうなんだ……。ちゃんと『やめて』って言うんですか？」

「一応ね。相手の反応見ながら、『キャッ』ってその手を叩《たた》いたり、嫌みにならないように、代わりに手握って、はぐらかしたり」

「大変ですね」

「しょうがないです。こういう仕事だし」

気丈に応《こた》えてくれたが、もう思い出したくないのだろう。ユキナは卵としらたきを注文すると、千絵へと話を振ってきた。

「この間の人、千絵さんのイイ人でしょ？」

不意に問われて戸惑った。しかしここではぐらかすのは、彼女に申しわけない気がする。これはユキナの自己開示に、自分もお返しをせねばと思う「返報性」の心理だ。プライベート情報を話してくれた相手には、それ相応のお返しをせねばと思ってしまう。そして一定以上の自己開示には、相手とより距離が近づくという効果がある。

「イイ人っていうか……そうだった人。元カレ」

「元？　そうなんだ。ごめんなさい。今カレと勘違いしちゃいました」

ユキナはいつもの笑顔に戻った。のどを鳴らす音が聞こえてきそうに、ビールをゴクゴクと飲んでいる。

「でもあの人の千絵さんを見る目、ちょっと違う気がしたんだけどな……。情熱がこもってたっていうか」

「情熱？　嘘、嘘。そんなこと、言われなかったし」

薄く醬油《しょうゆ》色に染まった卵を箸《はし》で割るユキナに、手を振って否定した。顔が赤くなっているのが、自分でもわかる。

「ほんと、ほんと。彼、ヨリを戻したいんじゃないですか？」

「まさか」

「本当はそれを言いに来たんじゃないんですか？　でもいざとなると、言い出せなかったとか。千絵さんに、その気はないんですか？」

「…………」

「その気がなかったら、真夜中にわざわざ来たりしないですよー」

珍しくユキナは、グイグイとせまってくる。しらふのようだった弘孝を、千絵はあらためて思い出す。飲み会帰りの、ついでの訪問じゃなかったのは事実だ。

「あの人のこと、千絵さん、まだ好きなんでしょう？」

「…………」

「お店がうまくいってるかどうか、きっと心配して来てくれたんですよ。彼も未練たっぷりってことです」

気休めの励ましだと、わかっていてもうれしい。この人は若いころから苦労している分、人にやさしくできるのだろう。

「なーんて、ごめんなさい、立ち入ったこと言っちゃって。自分の恋愛がうまくいってると、なんだか他の人の恋も応援したくなるんですよね」

　年長者に失礼だったと自覚したのか、小さく舌を出し、ユキナはごまかすようにビールを口に含んだ。

「あっちゃんさんと、なにか進展があったんですか？」

「うふふ。バレたか。あのですね。あっちゃん、クリスマスに会ってもいいって言ってくれたんです。二十五日、仕事終わったあと店に行くから、アフターしようって！　奥さんには『忘年会で遅くなる、もしかしたら朝まで飲むかもしれない』って話すって。お店のこと考えて、二十六日がいいと思ってたけど、もう二十五日の他のお客さんは、無視することにしました！」

「……てことは、あっちゃんさん、二十四日は奥さんとクリスマスするんですかね」

「かもしれませんね。聞いてないケド。だってそういうこと聞くの、マナー違反でしょ？　私もあんま、聞きたくないし」

　イケナイ恋であることは、本人も十分わかっているのだ。しかし、千絵には理解してほしいと思っているのだろう。

「そのイヤリングも、彼に借りたんですか？」

「ううん、これは買ったんです。借りる気になるってことは、もう気に入ったってことだもん。あっちゃんが持って来るアクセ、センスいいのばっかだから、ほんと、全部ほしくなっちゃう」

ユキナはそう言って、耳たぶのイヤリングに軽く触れた。左手には、まだ白い包帯が巻かれている。もうそこまで大げさにすることは、必要ないだろうに。

「あっちゃんのこと考えてると、家に帰っても全然気持ちが違うんです。この間まで『世話させるために、私を産んだ』って、親を恨んでたけど。今は『私をこの世に送り出してくれて、本当にありがとう！』って感じ。だって生まれてこなきゃ、あっちゃんに会えなかったんだもんね」

「彼と出会えて、よかったんですね」

「はい。これがバラ色の人生っていうのかなあ」

ユキナは少しうっとりとした目になり、「このしらたき、なんでこんなにおいしいんだろ」と、急に思い出したようにつぶやいた。

「……たぶん、歯応えがいいからじゃないかな」

ふみで出しているしらたきは、よくある糸こんにゃくよりもずっと細いタイプを使っている。それを手ずから大きな棒結びにしているので、だしが絡みやすく、食べ応えのある品になったと、千絵は自負している。

「ねえねえ。それより、この間の続き続き。占ってください。あっちゃんが奥さんと別れるかどうか、っていうと、ちょっと図々《ずうずう》しいから、この先、奥さんにバレないでいられるかどうか。これ、このしらたきで占って」

　こういうときにしらたきを選択するユキナに、千絵は期せずして感心した。しらたき、つまり糸状のこんにゃくは、ダイエットに使われるほど腹持ちのいい食品だが、栄養価はほとんどない。棒結びするには手間がかかり、材料費も意外と安くない。「実のある」とは決していえない彼女の恋を、しらたきはそのまま暗示しているように感じたのだ。

「複雑に絡み合う——。やっぱりちょっと気難しい彼に、ユキナさんが寄り添っているって、出てますね」

「また言われちゃったー。でもほんと、急に怒り出すことあるから、地雷踏まないように、気をつけてるんですよー」

「意外ともろい——。もろいのは、ユキナさん自身なのか、彼なのか、奥さんなのか——ふたりの関係なのか、まったく別のものなのか、わかりませんけど」

「もろい……？　それは奥さんに、すぐバレちゃうってことですか？」

「どうなんだろう。気を許せば、相手や周囲になじむ——。そういう意味もあるけど

「……」

「えー、意味わかんない。それって、バレない可能性もあるってことですか？」

「そういう見方もできるけど……。ちょっと判断が難しいですね」

ユキナは黙りこんだ。はっきりとした答えが聞けず、不満なのだろう。

スパッと割り切り、励ましてやるくらいのことがどうしてできないのか。千絵はおのれの小ささが嫌になる。今のユキナにとっては、彼が一番の救いなのに。

しかしどうしても、ポジティブな言葉が浮かんでこない。ユキナが香里とダブって見えた。

「あ、もうこんな時間。帰らないと。明日《あした》は朝からママを病院に連れてくんです。介護タクシーが迎えに来てくれるんだけど、やっと同じ運転手さんになったんですよー。前は毎回違う人だったから、いちいち身体の支え方を説明しなくちゃいけなくて、大変だったの。ママは痛いとこが多いから。――ごちそうさまでした。じゃあ、また来まーす」

ユキナはそれ以上、占いに突っこんでこなかった。残りのビールを飲み干し、ペラペラしゃべると、笑顔を残して帰って行った。

再び静まり返った店内で、千絵はバッグの中から、井波羊子の名刺を取り出した。

触り過ぎたせいか、和紙の紙片の縁は丸い手触りに変わっている。まるでおばあちゃんの手のぬくもりのようだ。

　こんなとき大塚の母なら、どんなアドバイスをくれるだろうか。

＊＊＊

「いらっしゃいませ。あ……こんばんは」

午前零時過ぎ、井波羊子は本当に店に来てくれた。

「こんばんは」

井波はやわらかく笑い、初めてここへ来たときのように、ゆっくりとこちらに歩いてきた。

「申しわけありません、こんな時間に来ていただいて」

千絵が電話をかけると、どこへでもおもむくと井波は言ってくれた。

かつての仕事場のマンションは、とっくに引き払ったらしい。それでも千絵が高齢者を呼びつけることに躊躇《ちゅうちょ》していると、おでん屋で会うことを勝手に決められてしまった。元々、宵っ張りの朝寝坊の井波は、真夜中に出かけることは苦でないという。

「占いってすごく精神が高ぶるの。だからいつも十時に仕事を終えて帰っても、すぐに眠れなかったの。毎日三時くらいまでテレビを観たり、ラジオを聞いたりして、徐々にクールダウンさせてたの。今もその生活リズムから抜けられなくて、床に就くのは四時くらい」

朝ごはんを食べに来るあの老人は、加齢で超早寝早起きになったようだが、井波はまったく逆らしい。元の職業にもよるのだろうが、高齢者もいろいろのようだ。

「またあなたのおでんを食べたいと思っていたところだったから、ちょうどよかった。電話をもらって、やったーって喜んだのよ、私」

こちらの心理的負担感を、井波はさらりと軽くしてくれる。やはりこの人は、第二のおばあちゃんだ。

「さて今日は、どんなことを占ってほしいのかしら？」

「すみません。本当に」

「いいのよ。あなたみたいに連絡して来る人は、結構いるから」

「え、そうなんですか」

「私も気晴らしに出かけたくてね。依頼主の自宅や仕事場に近い喫茶店に行ったりして、占ってあげてるの」

なんだ、そうだったのか。

「それで、どうしたの？」

老眼鏡の奥が、柔らかく笑っている。包容力のかたまりのようなその目に、千絵はつかえていたものを吐き出すように、話し始めた。

「私、迷ってしまって……」

占いで客を元気づけようと、実はおでん占いを始めた。しかしある女性客をどう励ましていいのか、わからなくなっている。妻子ある男性と不倫関係を持とうとしており、詐欺まがいの手口で宝石類も買わされているようだ。彼女を見ていると、自分を捨てた男の新しい恋人を思い出してしまう。

彼女に悪気がないのは、わかっている。若くして両親の介護をしながら働いている健気《けなげ》な女性だ。自分は幸せになる資格がないと思っていたところを励まし、勇気づけたつもりだった。千絵のことを慕ってくれ、店にも頻繁に来てくれる。占い結果が悪いと、きっと落ちこんでしまうだろう。しかしいい鑑定内容は伝えたくない。

おでん占いを始めたことを、ちょっと後悔している。そもそも自分は、おでん屋を続ける資格があるのだろうか。生まれ変わる決心をしたけれど、振られた恋人を、もう一度振り向かせたかっただけなのではないのか。

ならばいっそ後悔しないよう、彼に復縁をせまるべきかと思ったりする。となれば、おでん屋はもう辞めると告げた方が、再度交際できる可能性が高まる気がする。

「ちょっと混乱しているようね」

おでん占いを始めたと聞き、井波は最初驚いたようだった。しかし最後まで千絵の話に耳を傾けてくれ、千絵に手を出させると、そう言った。

「私もう、おでん屋を辞めようかと思ってるんです。眠いし、疲れるし、変な客も来るし……」

愚痴る千絵の手を握り、井波はそっと手を開かせた。

「あら、少し手相が変わったようね」

「え、そんなことあるんですか？」

「生命線のようなはっきりした線は変わりづらいけれど、運命線や結婚線などは、年齢やライフスタイルの変化の影響を受けやすいの。また、心のありようでも変わることがある。人相と同じね」

千絵は思わず目の下に指をやった。寝不足のクマを指摘されるくらいだ。きっと顔も手も、知らないうちにしわが増えているだろう。

「あなたのかわいい小さな目は、意志が強い人独特の目なのよ。目的を達成する相だから、がんばれると思うんだけどね」

井波はつぶやくように言い、千絵の手を握りしめた。

「自分自身を占ってごらんなさいな」

「え？　自分を？　おでん占いで？　そんな。無理です、そんなこと」

「なに言ってるの。易やタロットやトランプ、ほかの占いも、みんな自分自身を占うじゃないの」

手を引っこめて首を振った千絵に、井波は静かな口調で問うてきた。

「あなた、どうしておでんだったの？　数ある食べものの中で、どうして『おでん』の店をやろうと思ったの？」

ハッとした。

言われるがまま、おでん鍋《なべ》の中をじっと見つめる。

沸騰しきらない黄金色のだしの中で、卵やしらたき、大根、はんぺんやスジかまぼこ、厚揚げなどが、静かにゆらめいている。

おでん鍋の横には白いおたま立てに支えられたおたまや、練り辛子の小さな壺《つぼ》、菜箸《さいばし》やさらしねぎ、水に浸《つ》かった三つ葉などが並んでいる。

千絵の母はおでんを作るとき、具がひとパックになったおでんだねを買い、おでんの素を湯に溶かして煮るだけだった。それはそれでまずくはなかったけれど、千絵はだしを丁寧に取る祖母の料理の方が好きだった。糸こんにゃくをわざわざ棒結びにしたり、木綿豆腐を一からつぶして、ぎんなんやきくらげを混ぜて揚げ、がんもどきを作る姿が好きだった。

おでんだしのにおいを、ゆっくりと鼻から吸いこむ。

同じ専業主婦だったのに、母と祖母はまったく料理に対しての姿勢が違った。料理が好きか嫌いかの差と言ってしまえばそれまでだが、もしかしたら千絵は、丁寧に料理をすることで、母を否定したかったのかもしれない。なにかにつけて千絵のやり方、生き方に指図してくる母のことを。

「女の子はスカートをはきなさい」「〇〇ちゃんと遊びなさい」「茶道部に入りなさい」「髪を伸ばしなさい」「△△大学を受験しなさい」

母は幼いころから、千絵に自分の好みを押しつけた。そして大人になっても、それは続いた。

「二十八歳までに結婚しなさい」「三十歳までに子供を産まないとダメ」「結婚相手はしっかりした会社に勤めている人じゃないと」「海外旅行に行くお金があったら、貯金にまわしなさい」

千絵は母に嫌われたくなかった。だから母の気に入るようにふるまい、進路も就職先も、ファッションも、付き合う男性のタイプさえ、知らずしらずのうちに、母が気に入るかどうかで判断して選んでいた。

弘孝はまさに、母の気に入るタイプの男性だ。大手有名電機メーカー勤務。なにごとにも中庸、派手なことは好まない。

好きだったのは確かだけれど、彼との別れには、悲しみよりも恐怖の方が勝っていた気がする。この年でひとりになることへの恐怖。そして、母になじられる恐怖だ。

自分が復縁を望んだのは、「結婚はどうするの」と母に責められぬよう、防衛本能が働いたからかもしれない。

そうか。今わかった。

自分は女の人生にそこまで影響を及ぼせる男だと、弘孝はうぬぼれたいのだ。

彼には、千絵との復縁を望む気持ちはない。今の恋人は、そこまで自分のために動いてくれると、千絵に自慢したかっただけだ。弘孝のことだから、たぶん自覚はしていないだろうけれど。

「――私はおでん占いに、これを選びます」

千絵は壺のふたを開け、鮮やかに黄色い、辛子のついた匙《さじ》を掲げてみせた。

「いろんな人に寄り添って、それぞれに刺激を与えて、より元気に、より豊かな人生になるように人を励ませと、結果が出ました」

大きく息を吸い、宣言した。

そうだ。あまり目立たないかもしれないけれど、いざとなると存在感を発揮し、おでんには、いやおでん以外の料理にも欠かせない存在。そんな人間に私はなりたい。

「私、おでん屋を続けます」

「せっかく始めたことですものね。とことんまでやればいいじゃない」

「はい。私、本当におでんが好きなんです。人にも喜んでほしいし、喜んで食べてもらえると、自分もうれしいんです」

ふいに久美子の笑いじわが思い出された。にらまれると怖い、切れ長の遠藤の目も。いつも調子のいい、黄さんの赤ら顔も。

みんな、おでん屋ふみを応援してくれている。このままやめたら、きっと「世間知らずの中年ＯＬの気まぐれ」と言われるだろう。あの人たちを裏切るようなことはしたくない。本当の意味で生まれ変わるチャンスを、自ら手放してしまうことにもなる。

きっかけは失恋だったかもしれないけれど、「おもしろい女になる」という人生目標は間違っていない。

人生なんて、しょせん死ぬまでの暇つぶし。どんなことも楽しまなきゃ損々——。

「そのお客さまも、励ませそうかしら？」

「自信はないけれど、……なんとかがんばってみます」

「あなたなりのやり方で、励ましてあげればいいのよ。『がんばれ』という言葉だけが、励ましではないはずだから」

カウンターに肘《ひじ》をつき、両の指を軽く組んでいた井波はそう言い、「さて、おでんをいただくとしましょう」と、微笑んだ。

＊＊＊

「いらっしゃいませー」

よく晴れた日曜日の午後。美容室リリーのドアを開けると、美智の声に続き、久美子が作業の手を止め、出迎えてくれた。さすがに休日、店内には順番待ちも入れ、四人の客がいる。

「おでん屋さん、いらっしゃい。こんなに早く今日はどうしたの？」

「こんにちは。おはぎ、ごちそうさまでした。とってもおいしかったです。これ、そのお礼と言ってはなんですけど、私が漬けたんです。よかったら食べてください」

「悪いわねえ、いつも、いつも。……立派な梅干し。いい色ね。南高梅《なんこううめ》？」

「そんなブランドじゃないですけど、八百屋さんを回って、大きくて肉厚のものを選んで作りました」

受け取った小さなタッパーのふたを開け、「うーん、いいにおい。私、梅干しのにおい、大好き」と、久美子は鼻をひくつかせる。

「あの、予約してないんですけど、これからお願いできないでしょうか？　髪を切りたいんです」

「なんだ、それを早くいいなよ。今日は大丈夫だよ。もうすぐ美智の手が空くから」

見れば美智は、ブローを終えた客の髪にヘアスプレーをしているところだった。本当は久美子に頼もうと思っていたのだが、予約が入っているようなので、若い感性でやってもらうか。

「どれくらい切りますか？」

スタイリングチェアに座ると、カットクロスを着せながら、美智が鏡越しにたずねてきた。大きな鏡には、おでこ全開で豊かに広がる黒髪を垂らす、見慣れた自分が映っている。

「これくらい切ってください」

古い自分をちょん切るかのように、耳たぶ付近で手を水平に動[illegible]、美智は目を見張った。

「大きなイメージチェンジですね」

「はい、大冒険。小学生、ううん、幼稚園のころからこの髪型だから」

「そんなに長い間、変わらずですか？」

「そう。だからもう、飽き飽き」

「でもすごくきれいなストレートヘアだから、ロングにしてた気持ち、わかります」

愛《め》でるように髪を触る美智に、千絵はあいまいに微笑む。

「きれいな直毛」「シャンプーのＣＭに出られるね」

ほめられ、いい気になっていたことは確かだ。

「切った髪はどうされますか？　優に三十五センチはありますし……。ヘアドネーションって、ご存じですか？　髪を寄付するんですけど」

髪を湿らす前、美智は遠慮がちに質問してきた。職業柄口には出さないが、一応もったいないと、思ってくれているのだろう。

「そっか。なるほど。それ、お願いします」

ヘアドネーション。病気の治療などで髪を失った子供たちのウイッグを作るため、自分の髪を寄付することだ。以前テレビで観たことがある。そういえばこの店のレジカウンターの下に、小さなチラシも貼ってあった。ちょっと情念のこもった髪かもしれないけれど、お役に立てれば本望だ。

「了解しました。とても喜ばれると思います」

美智はにっこりとし、スプレー容器をワゴンに戻した。そして小分けにするように、髪をいくつかのゴムで、等分にしばってゆく。

やがて、乾いた髪にジョキッとはさみが入る音がした。

少しずつ、少しずつ。過去の自分と別れる音が耳に届く。少し怖い気もする。

でもこれは自分で決めたことだ。誰に望まれたのでもなく、自分がそうしたい、そうなりたいと思ったから、髪を切るのだ。

「前髪、作ります？　その方がかわいいかもしれません。よりイメージも変わるし」

美智の感性を信じ、首肯した。

金太郎のようなおかっぱ頭になった自分を楽しめるようになったころ。久美子がそばに寄って来て、耳元でささやいた。

「失恋でもしたのかい？」

大きくうなずくと、親指を立てたサムアップをしてみせ、店長はニヤリと去って行った。

気分一新、これまでの自分とはオサラバだ。

弘孝も気に入っていた長い髪を、この日千絵は、三十九センチ切り落とした。

＊＊＊

週明け月曜日。いつもの時間、おでん屋ふみに老人がやって来た。

「こんばんは。いらっしゃいませ」

「……店、間違えたのかと思った」

ジャンパーを着た老人は、杖《つえ》をつきつき、歩んで来る。刈り上げ気味のボブヘアの千絵を見て、びっくりしたようだ。

「どうしたんだい？」

「心機一転、がんばろうと思いまして。ちょっとスースーするけど、さっぱりしました」

「へえ、うらやましいねえ。わしなんかまねしたくても、ほとんど切るものがない」

つぶやき、おしぼりで顔を拭《ふ》く老人に、千絵は小さく吹き出す。確かにこの人の頭には、まだらなふわふわの毛が生えているだけだ。

「ふくろとちくわをちょうだいな」

「はい、承知しました。梅干しはどうします？」

「？」

「梅干しは？」

「もらおう」

「焼きのりもあります」

「いいね」

油断して、声を張らなかったことを反省し、千絵はてきぱきと手を動かす。髪が軽くなった分、身体を動かしやすいと感じるのは気のせいだろうか。

「寒さのせいかねえ。十二月はほかの月と比べて、夜の闇がいっそう濃い気がする」

「詩的ですね。私は夏も冬も、夜は暗いとしか感じませんけど」

反射的に応《こた》え、直後千絵は後悔する。あまりに風情のないリアクション。生まれ変わると決めたのだから、そのへんも気をつけないと。

それきり無言になった老人に、千絵は取り繕うように話しかけた。

「あの、息子さんたち、こんな暗い中、外を出歩くことを心配してませんか？」

「……じっとしてると、本当に歩けなくなっちまうからね。我々くらいの年齢になると」

「フレイル予防ですね」

老年期の身体面および精神面の衰えを「フレイル」と呼ぶが、この自然な身体の変化は、周囲の働きかけや、自らが意識して行動することで防げるという。ＯＬ職場の廊下の壁に、ポスターが貼ってあった。

「昼間なら、気晴らしに俺がついてくんだけどって、下の孫は言ってくれる。でも昼間は車や自転車が多い」

「確かに危ないかもしれませんね。自転車と歩行者の事故も増えてるっていいますし」

「そうそう。そうなんだよ」

なんとなくバツが悪そうにしていた老人の顔が、明るくなった。年寄りは危ないから出歩かないほうがいいと、非難されたように聞こえたのかもしれない。

「私はお店に来ていただきたいので、この時間に散歩してもらった方がいいですけど」

フォローするように言い、舌をちろりと出してみた。こんな仕草はしたことなかったが、生まれ変わると決めたせいか、さほど恥ずかしくなかった。

「ほんとにいいご家族ですよね。ここで朝食を召し上がってるのも、ご存じなんでしょう？」

「あたり前だよ。『じいちゃん、俺もおでんが食いたい』って、孫にいつも言われるよ」

老人は炊き立てのご飯を口に運びながら、言った。

「おでん、少し持って帰られますか？　あっため返せば、勉強中の夜食になりますよ」

「いや、それは……。いい、いい。両手がふさがっちまうと、転びやすくなるって、息子がうるさい。手袋も杖の持ち手が滑るから、毛糸のもんははめるなと言われるくらいだ」

そう言って老人は、カウンターの上に置いたいつもの黒い革手袋に目をやった。確かに片方の手に杖、もう片方の手に袋をぶら下げてだと、バランスを崩したとき、対処できないかもしれない。

「なにせみんな心配性だから。手土産のひとつも、持って帰れない」

「そうですよね。失礼しました」

恐縮した千絵に首を振り、老人は笑った。うずら卵に糸こんとしめじ、にんじんの細切りが詰まったふくろを、炊き立てご飯と一緒に食《は》んでいる。

幸せな老後だ。世間ではひとり暮らしの高齢者の孤独死が問題となっているが、この人にはおよそ無関係なことだろう。


老人との会話が途切れたタイミングで、ドアが開いた。

先日の「納豆の山田」だ。

「いらっしゃいませ。こんばんは」

「レモンチューハイ。卵、たことスジ」

老人からふたつ離れた席に着いた山田は、カウンターの上でメニューを小突くように脇へやり、不愛想にオーダーを告げた。

「スジかまぼこですか？　それとも牛スジの方ですか？」

「スジっつったら、スジかましかないだろう」

「……すみません」

不機嫌な調子で言われ、千絵は慌てて謝る。

「ったく、東京でスジっつったら、サメ軟骨が入った練りもんなんだよ。牛スジなんて、昔のおでんには入ってなかった。こっちで牛のスジ肉なんか食い出したのは、最近だよ、最近。おでん屋なら、それ基本でしょ」

因縁をつけるようなことを言い、山田はおしぼりをカウンターに投げるように戻す。この間ほど酔っていない代わりに、今夜は虫の居所が悪いらしい。千絵は老人に目をやったが、聞こえないのか、こちらを見ていない。

「あのさあ。この間、俺、おでんで占いしてもらっただろ？」

缶のレモンチューハイをそのまま飲みながら、山田が言ってきた。

「あ、はい。……プレゼンがうまくいくかどうか、でしたよね」

「そう、それ。でさ、俺、準備万端、意気揚々と、食品会社の会議室に乗りこんだわけ。向こうの社長の感触もよくて、プレゼン、完璧《かんぺき》だったわけ。あたりまえだよな。俺がやるんだから」

自慢しに来たのに、怒っているのは、どういうわけか。

「契約、ライバル社に持ってかれたんだよ」

「えっ」

「しかも、ずっと使ってくれてたのに、ほかの商品の容器も、あっちの会社の容器に変更するって言い出したわけ。俺、なにがなんだかわかんなくなったよ。新商品だけじゃなく、根こそぎ持ってかれてさ。デザイナーに金かけられないのも、制作部の連中の体たらくも、今まで黙って全部俺がフォローしてきたのに、営業部長に『お前、なにやったんだ』って、にらまれてさ。占い、大はずれ。どうしてくれんの？」

「どうしてくれと言われても……」

「だからあ、おでん占いなんてもんで、テキトーにアドバイスするなっつってんの。俺、占ってほしくて、わざわざこの店、選んで入ったんだよ。なのにインチキ占いで騙《だま》された上、金まで払って、大損させられてさ」

　占いがはずれても、一度も文句をつけられたことはないと、井波は言っていた。あたるも八卦《はっけ》、あたらぬも八卦。けれどそれを今言ってしまったら、火に油を注ぐだけだろう。いや、そもそも山田は、おでん占いをしていることを知らず、うちに来たのではなかったか。

「……プレゼン自体はうまくいったんですよね？」

「そうだよ。もちろん」

「そしたら、まったくのはずれ、というわけでもないんじゃないでしょうか。契約は取れなかったかもしれませんけど……」

「あー!?　プレゼンしたのに契約成立しなかったら、元も子もないだろう！」

詭弁《きべん》めいた言いわけに、山田が大声を発した。思わず身体が、びくっと震える。

老人は口を動かしながら、うつむき加減で山田をちらりと見たが、なにも言わない。いざとなったら五階へ駆け上がり、黄さんをたたき起こすしかない。

「今日はさ、もう占いはいいよ。でも、おでんはうまかったから、通りかかったんで、入ってやった」

今日は膝丈《ひざたけ》タイトスカートで、足はあまり広げられない。出入り口ドアまで、カウンターを乗り越えた方が早いか、やはり奥にある通常のカウンター出入り口を使うべきかと考えていたら、山田の声色がやさしくなった。千絵の恐怖を見て取ったのか。

「……あの、どうもありがとうございます」

「うん。ほんと、おでんのうまさが忘れられなくてさ」

契約が取れず、八つあたりされたらしい。この手の人には、よくあることだ。そんな気持ちを受け止めるのも、仕事のうち。

打って変わった猫なで声に戸惑いつつ、千絵は自分に言い聞かせる。

注文の品を同じ器に盛りつけ差し出すと、山田は気持ち悪いくらいの笑みを浮かべ、

「サンキュ」とささやいた。

「俺の気持ち、わかってくれた？」

「あ……はい」

「ならいいんだ。――俺ね、ぎんなんとちくわぶと、あとねー、イカ天とゴボ天も食いたいんだよな。さっきのカラオケボックス、ほとんど食うもんなかったから、腹減ってんだよね」

千絵は作り笑顔で、それらのおでんを準備する。山田は反省したようだが、またどこに地雷があるかわからない。いつもより、盛りつけにも注意を払う。

山田はおでんに満足そうにうなずき、むしゃむしゃと食べた。レモンチューハイのあとはお茶を三杯飲み、最後にだし茶漬けの大盛りも腹に納め、突き出た自分の腹部をぽんぽんと、両手で太鼓を叩《たた》くようにした。

「やっぱ割烹着《かっぽうぎ》には、薄化粧ですよ。その髪型も似合ってますよ、女将《おかみ》」

「あの、ありがとうございました。えっと……」

まだ緊張が解けず、いい切り返しができない。

千絵がドギマギしているうち、山田はすっと立ち上がった。コートを羽織り、出入り口のドアへすたすたと歩いて行く。

まさか、このまま帰るつもりじゃ……。

「あの、すみません。お代を……」

千絵が言いかけると、突如老人が、しゃがれた声を出した。

「おい、あんた。まだ勘定が終わってねえぞ」

ドアレバーに手をかけようとしていた山田は、身体の動きを止めた。

「ん？　なにかおっしゃいましたか？　よく聞こえなかったんですけれど」

「じゃあもう一回言ってやるよ。勘定がまだだ」

「なんですか。藪《やぶ》から棒に」

山田はうすら笑いを浮かべ、千絵を振り向くと、「今日は女将のおごりなんですよ。ねえ？」と、当然のように言ってきた。なにがなんだかわからず、千絵は作業台に手をついたまま、無言で固まる。

「――ほらあ。女将さんもわかってくれてるじゃないですか」

「いい加減にしろ。男らしくないぞ」

「男らしくない？　はーい、それは性差別です。ご存じですか？　男らしく、女らしくっていうのは、今の時代、全部アウト。おたくの若いころとは違うんです」

千絵がなにも言わないのをいいことに、山田はわざわざ老人のそばに近づいてしゃべっている。逃げもしないところが憎らしい。けれど、やはり千絵は声が出せない。

「そういう小賢《こざか》しいこと言って逃げるのが、お前みたいな女の腐ったヤツの常とう手段なんだよ」

「はーい、アウト二個目ー。女の腐ったヤツだなんて、もう最悪中の最悪。ですよね？　女将さん」

正論だけれど、山田には同意したくない。ここは老人にがんばってほしい。

「……あの、男とか女とかいう言葉は抜きにして、話してもらった方がいいんじゃないでしょうか？」

千絵のセリフに、老人は苦虫をかみつぶしたような顔になったが、なんとか言葉をひねり出した。

「まったく……てめえの態度は、まったく、まったく……人間らしくねえ」

「てめえとは、他人に向かって、これまたヒドい言い草ですね。——おい、ジジイ。もう一回言ってみな」

まだ男女差別で応酬するかと思いきや、山田は戦法を変えた。千絵の機嫌を損ねるのもよくないと判断したか。

「ジジイとはなんだ！　わしはお前みたいな孫を持った憶《おぼ》えはねえ！」

「ジジイに、ジジイと言って、なにが……」

「辻占煎餅《つじうらせんべい》みてえな占いに、ケチな因縁つけてタダ飯食らうなんざ、人でなしだ。サルやチンパンジーの方が、よっぽど道理を知ってるってもんだ。だから人間らしくねえって言ってやったのさ」

こうなったら、こっちのもの。すごむケンカは慣れているとばかりに、老人は急に勢いをつけた。どこから出ているのかと思うほど、太い声には迫力がある。意外に鋭い眼光で見据えられた山田の顔に、一抹の恐怖が表れた。

「結局は自分の失敗だろうが。契約不成立は、取引先の希望をきめ細かくすくい取れなかったのが原因じゃねえのか？　制作部だかデザイナーだか知らねえが、仕事の仲間、同志じゃねえのかい。ふがいない連中と思うなら、まずはそっちと丁々発止でやったらどうなんだい」

「うっせえよ！　なんも知らねえくせに、偉そうに。隠居ジジィは隠居らしく、おとなしくしてろってんだ！」

「あんた、そうやってずるいことばっかしやってきたんだろ。その間に同期の連中は、どんどん出世した。同期は仲間を大事にして、顧客の声に耳を傾け、丁寧に対応したからだ。それは仕事への責任だけじゃねえ。おのれへの責任よ」

ジジィ呼称には無視を決めたか、老人は左手で握りこぶしを作り、どんと自分の胸をたたいた。

この手とともに歩んできた。そんな目で手を見つめていた、老人の姿を思い出す。

「あんたは、おのれへの責任を放棄し続けているうちに、成長する機会を逃したんだ。いわばまだ半人前の男……人間だ。半人前の人間だから、大かた家族にも見放されてるだろ。こんな時間まで飲み歩くことができるんだから。取引先まで直行すると偽って、昼近くまで寝てる。起きたときは、子供はもう学校だ。夜更けに帰れば、女房も子供もとっくに夢の中。夫婦の会話も親子の会話も、ほとんどねえ。自分がいない方が、家の中は平和。——どうだい。違うかい？」

すごい想像力だ。ちょっと会話を横で聞いただけなのに、ここまで山田の人物像を作り上げることができるとは。もしかして老人の爪の垢《あか》を煎じて飲めば、いい占いができるのではないだろうか。

「……うっせえよ。黙って聞いてりゃ、いい気になりやがって。同期の中では、俺が一番の出世頭なんだよ。ふ、ふたりは会社辞めたし、あとのふたりは、まだ課長代理とヒラだ。俺だけが課長で、次期部長の椅子が目の前にあるんだよ！」

よほど悔しいのか、山田はおそらく事実を言い、背広の内ポケットに右手を差し入れた。

直後、それを後悔するかのように手を出し、コートのポケットに突っこみ直すと、きまりが悪そうに千絵に目をくれ、出入り口のドアから出て行く。

一瞬財布を取り出すのではと期待した千絵は「いざゆかん」と、身体を動かす。

膝《ひざ》を作業台にかけて腰を引き上げ、空いた客椅子の座面に靴底を置く。客椅子の茶色い合皮を踏みしめ、カウンターの縁にお尻《しり》を載せてすべらせ、なんとか乗り越えた。

「待ってください」

おもてに出て千絵が声をかけると、十メートルほど先を歩いていた山田が立ち止まった。走り去っていないところを見ると、この人はそう悪い人でもないのかもしれない。

「……金、取ろうったって、無理だぞ」

山田の顔は少しこわばっていた。明らかにおびえている様子だ。

「通報するか？」

「お代、今度来てくださったときで結構ですから」

「客を手放さない術《すべ》を、よく知ってるようだな」

電柱の上のＬＥＤライトに照らされた山田は、青白い顔で応《こた》えた。コートのポケットに両手を突っこんだまま、顔だけでなく、身体ごと振り向いてくる。

「私、感謝してるんです。また店に来て、いろいろおしえてください」

こんな山田でも応援しなければと思ったのは、使命感がよみがえったこともあるが、おそらくずっと虚勢を張って生きてきた、この人の悲哀が感じられたからだろう。

「だし茶漬け。あれからメニューに載せたら、注文がちょこちょこ入ってます。あんな手抜き料理、お客さんに出すものじゃないって固定観念がありました。私、素人だから。でも注文してもらって、望まれる料理を出すのがサービスなんだって、気がつきました」

じっと千絵の話を聞いていた山田は、意を決したように、ぽつりと言った。

「ほんとは今日、金、持ち合わせがなかったんだ。財布、落としちまって」

「えっ！　警察に届けたんですか？」

「一応な。でも見つかった例《ため》しがない」

「例しがないって……」

「財布なくすのは、四回目だからな」

自慢するかのように言い、山田はまだ明けない夜空を見上げた。

「心配すんな。カード類は全部止めたよ。俺、慣れてるし」

街灯に照らされた山田の顔は、ちょっと子供のように見える。

千絵は慰めの言葉が見つからない。「女」も大変だけれど、「男」を続けるのも、けっこう面倒なことなのかもしれない。

「悪いけど、今日の分はツケといてくれ」

「はい。承知しました」

「俺が営業課長っていうのは、本当だぞ。次の部長候補が俺ってのも嘘じゃない。……今回の件で、遠くなったかもしれないけど」

千絵は無言で笑いかける。「がんばれ」という言葉だけが励ましではないという、井波の言葉を思い出す。

「……ま、いいや。すんだことは。じゃ。手抜き料理、また食いに行くから」

「はい、お待ちしております」

そんな風にしか言えない男に半分あきれ、しかし半分は安堵《あんど》し、千絵は手を振り、立ち去る山田を見送った。


店内に戻ると、珍しく老人の視線を感じた。タイトスカートの女が、いきなりカウンターを乗り越えたのだから、驚いて当然だ。

「すみません、つい……。あの、助けていただいて、どうもありがとうございました」

「金は取れたかい？」

老人はそれには応えず、ズバリたずねてきた。

「今度持って来るって、言ってくれました」

「現役時代、親会社から、ああいう営業マンが工場に山ほど来た。調子がよくて、自慢が多くて。それでいて、きちんとした話し合いはできない。さて、あいつは約束を守るかな」

「絶対大丈夫です」

千絵はきっぱりと応える。少しは山田を励ませた自負があった。

「そうかい？　女将《おかみ》の迫力に負けてたかい？」

「いいえ。そちらさまの迫力に負けたみたいでした」

これは決してヨイショではない。本当に老人は頼もしく、また素敵だった。

けれど彼は、まったく得意げな顔を見せない。さっきまでの武勇ぶりが嘘のように、再びただの高齢者に戻っている。

長生きしている人って、おもしろーい。

千絵はあらためて感心し、熱い番茶をいれ直して、老人に差し出した。

第四話　励ましたい

しばらく顔を見せなかったユキナだが、クリスマスまであと一週間にせまった金曜日、開店してすぐに姿を現した。

「わあ、千絵さん！　いつ切ったんですか？」

ドアを開けるなり立ち止まり、彼女は驚きの表情を見せる。周囲からはひと通り驚かれ終わっていたので、髪のことだと、すぐにピンとこなかった。

「えーと、五日ほど前に」

「すてき、すてき。こんなに刈り上げボブの似合う人、初めて見ましたー」

大げさにほめるユキナに、ちょっと違和感を抱く。しかし彼女がはしゃいでいる理由は、すぐにわかった。

うしろに連れの男性がいた。黒いスーツにスポーティーなダウンジャケットを着て、四角いアタッシェケースを手にしている。やせ型で目尻《めじり》の下がった、一見おとなしそうな人である。

ふたりはこちらから見て一番右端の席に陣取った。彼が進んで壁際を選んだのだ。

「千絵さん、紹介します。この人、あっちゃんこと、前島篤史《まえじまあつし》さんです」

「こんばんは。女将の千絵と申します。どうぞよろしくお願いいたします」

予想した通り、やはり男性はあっちゃんだった。

頭を下げた千絵に、彼は「どうも」と会釈を返してきた。おどおど、は言い過ぎだけれど、あまり覇気のない印象だ。それにしても、いきなり一緒に来るとは思わなかった。

「是非会いたいって言われたので、連れて来ました。昼間はＯＬさんで、夜中におでん屋の女将に変身するんだよって話したら、おもしろいって」

ユキナはにこやかに言い、彼の腕にさりげなく触れる。いかにも女性が好きな男性にやる仕草だ。「おもしろい」の評価はともかく、いい印象のなかった人と対面するのは、あまりうれしくないことだった。

「とても励ましてもらってると、ユキナちゃんから聞いてます」

あっちゃんはそう言い、おしぼりで丁寧に手を拭《ふ》いた。ユキナは熱のこもった目で彼を見つめ、千絵には無邪気な笑顔を向けてくる。

ユキナはいつものようにビール、おでんは大根と餅巾着《もちきんちゃく》を、あっちゃんの方は熱燗《あつかん》に、厚揚げとはんぺんをオーダーしてきた。

人を見た目で判断してはいけないが、意外に思いながら千絵は手を動かす。ユキナの好きなタイプはもっとエネルギッシュ、つまり肉感的でがっしりとした人だと、勝手に想像していたからだ。

「ね？　おいしいでしょ？」

「うん。値段も手ごろだし、いい店だね」

ふたりはうつむき加減で、ぼそぼそとしゃべっている。気づけばユキナは、身体をあっちゃんの腕にピタリとくっつけ、彼の髪や頬などに触れている。彼もそれに応《こた》えるように、ときおりユキナの耳元でなにかささやいている。

イチャイチャするために来たのだろうか。時間も時間だから仕方がないけれど。目のやり場に困った千絵は、ドアに向かって念じてみるが、こういう日に限って誰も入って来ない。今日は金曜日だというのに。

そうこうしているうちに満足したのか、居住まいをただして、ユキナが話しかけてきた。

「あのですね、千絵さん。あっちゃんが、ちょっと見てほしいものがあるんですって」

彼女が言い終えないうちに、あっちゃんはアタッシェケースの中を探り始めた。

「聞いておられると思いますが、僕、副業でジュエリーの販売を手がけてるんです。よかったら、ちょっと見ていただけませんか？」

セールスマンにしては静かな口調で、彼がカウンターの上に並べたのは、群青色の角の丸い平たいケースだった。一、二……五つもある。

ふたがひとつ開けられた。ネックレスだ。デザインペンダントに銀色のチェーン。無色透明の三つの小さな石がついたペンダントは、たぶんダイヤモンドだろう。

「髪が長いとお聞きしていたんですが、変わられたようで……。でも別のも持ってきてよかった。首回りがスッキリされているので、こういったタイプもお似合いかと」

もうひとつ、ケースのふたが開けられた。そのチョーカータイプのネックレスには、プルシアンブルーの宝石がついている。

「こちらはダイヤモンド。こっちはサファイアです。前にきれいなブルーのネックレスを着けてらしたとか。だからブルー系がお好みなのではと思って、お持ちしました」

「千絵さん、あっちゃんのセンス、悪くないですよね？　ちなみに今日私がつけてるのは、ロードライトガーネットっていうんです。いいでしょ？　お店のみんなに勧めても、なんでか、あんま見てくれないんだけど」

ちょっと不服そうに言い、ユキナは耳たぶのイヤリングをつまんで見せた。薄紫色に少しピンクを混ぜたような、透明な宝石がきれいに光っている。

そうか。なにか変な感じがすると思ったら、あっちゃんは、ほとんど笑顔を見せないのだ。こういうセールスにありがちな、あの満面の笑みがないのである。

たくさん売り上げるセールスマンは、まず相手の警戒心を解き、ラポール、いわゆる信頼関係を形成することから始めるらしい。「あなたの敵ではありません」と相手を安心させ、「この人はいい人だ」と思わせるのに笑顔が欠かせないことは、本で解説されなくとも、みんな常々感じていることだろう。ちなみにラポールの形成は、多くの占い師も意識していることである。

「どうぞ、お手にとってみてください」

残り三つのケースのふたを次々と開け、あっちゃんは勧めてくる。そう言われても、触れる気はしない。元より買うつもりは毛頭ない。

千絵をカモにしようとしている自覚は、ユキナにはないだろう。なにしろあっちゃんのことを、信じ切っているのだから。

「ちなみにこれは、おいくらですか?」

仕方なく、ダイヤのネックレスの値段をたずねてみた。

「やはりダイヤがよろしいですか。そうですよね。キング・オブ・宝石ですからね。──それは本来百二十万円のお品ですが、特別割引が入りまして、半額の六十万円です」

なんて強気な価格設定。めまいがしそうだ。

今年の春ごろまでの記憶を、千絵はあらためてたどった。まだ弘孝との結婚を夢見ていたころだ。

銀座や新宿《しんじゅく》へひとりで出かけては、デパートのジュエリー売り場などで、結婚指輪やエンゲージリングを見て回った。いざというときに迷わないよう、チェックしていたのだ。

ブランドジュエリーはそうでないものと比べて、価格が五割増しの印象だった。だが仮にブランドものだったとしても、このネックレスの値段は法外だ。

ノーブランドの上、カラット数を補うべく宝石を寄せ集めただけの派手なデザイン。ちゃんと見る目があるわけではないけれど、たぶん上野《うえの》あたりの宝石街に行けば、同等のものが十万円も出さずに買えるはずだ。

「……ちょっとつけてもいいですか？」

「どうぞ、どうぞ」

ようやくあっちゃんの表情が、明るくなった。

千絵は彼の手助けを断り、ダイヤのネックレスを首に垂らしてみた。

「きれい、きれい。千絵さん。よく似合ってますー」

ユキナはうっとりするように、両手を組み合わせている。そこであっちゃんは初めて気がついたようで、慌ててアタッシェケースから立て鏡を出してきた。あたふたと千絵の方へと向け、ようやくカウンターの上にセッティングする。

千絵はちょっとあきれながら、自分を鏡に映した。キラキラ光るジュエリーは、それでもやはり魅力的ではある。

「ユキナちゃんのお知り合いだし、もし今決めていただけるなら、超特別に勉強して、二十万円にして差し上げます。もちろん分割払いもできますよ」

「すごーい！　千絵さん、決めちゃったらどうですか？　試着するってことは、もうかなり気に入ってるってことですよー」

焦り気味のあっちゃんの横で、ユキナは身を乗り出して千絵を手招きし、「ここだけの話、私と同じくらい、割り引いてくれてますよ」と、耳元でささやいた。

この期に及んで、なおも彼を信じているユキナと、腕のよくなさそうな宝石売り。ふたりを見ていると、なんだか悲しい気持ちになってくる。

千絵はもう一度、鏡に映る自分の姿を眺めた。

短いおかっぱ頭の中年女が、割烹着《かっぽうぎ》に派手なネックレスを身に着け、こちらを見返している。

なんて変テコな女だろう。

でも結構、おもしろそうな人かもしれない――。

「あー、どうしよ。ほしいなあ。そんなに安くなるんだったら、買わない手はないかもしれませんね。でも年末、お金使い過ぎてるし……。うーん。――そうだ、買ってもいいか、おでん占いで決めていいですか？」

千絵がせいいっぱいの明るさで言うと、ふたりはぎょっとした顔になった。

「私、自分で決められないんです。だから神のお告げで決めることにします」

「千絵さん、やっぱりそうやって、いつも占ってるんですね」

ユキナがホッとしたように言う。あっちゃんは半信半疑といった顔で、千絵とユキナとネックレスに、せわしなく視線を走らせている。

「だから前島さん。あなたが占い用のおでんを選んでくださいませんか？」

「えっ？」

「私は買いたいあまりに、自分に都合のいいおでんを選んでしまいそうです。だからちゃんと判断するために、前島さんが選んでくれた方がいいです」

茶目っ気たっぷり（のつもり）で千絵が言ってみせると、なるほどそういう趣向かと、彼は納得したようだった。

「あっちゃん、がんばって」

「そうだね。よおし」

あっちゃんはユキナに向かって、大げさにうなずいた。その気になりやすいというより、彼女の前だから乗せられたフリをしているだけのようにも見えた。

あっちゃんは首を伸ばして、おでん鍋《なべ》の中を目でサーチし始めた。千絵は沈んでいるおでんを菜箸《さいばし》で軽く浮かせ、選びやすいようにサポートする。

「――それはなんですか？」

「これは信田《しのだ》巻きです」

俵型のおでんだねを、千絵は菜箸で軽くつまみ上げた。

信田巻きは、開いた油揚げの上に野菜や肉・魚といった具材をまんべんなく置き、ロールケーキのように巻いて、三つ葉やかんぴょうなどでしばったものだ。ちなみに本日の信田巻きの具材は、鶏のつみれと水菜、にんじん、しいたけである。

「それ、本日のお勧めにもありましたね。その信田巻きにします」

目立つように、ほかのおでんより回数多く浮き上がらせたことが功を奏したようだ。三つ葉を使っていることも、効いたのだろう。ほぼ茶色系の地味な色彩の中に緑色があると、かなり目立つ。

「そんなのあったんだー。気がつかなかった。おいしそう。食べたーい」

メニューと別に添付していた小さな紙に触れ、ユキナがあらためて千絵を見てくる。

「では、どうぞ冷めないうちに、先に召し上がってくださいな」

ふたつの器をカウンターに置くと、ジュエリーケースを脇に追いやり、ふたりは信田巻きを食べ始めた。ユキナはひと口食べてはジューシーだと味をほめ、あっちゃんもうなずいている。一応こちらに気を遣っているのだろう。

「千絵さん。結果はどう出ましたか?」

ユキナがニコニコとたずねてきた。彼の方もたぶんイケると思っている様子だ。

「『葛《くず》の葉《は》』という白い狐を知ってますか?」

もったいぶって千絵が質問すると、ふたりは首を振った。

「別名信田狐といいます。油揚げは狐の好物ですよね。だからこの料理は、信田巻きと呼ばれています。ちなみに信田狐は、陰陽師《おんみょうじ》で有名な安倍晴明《あべのせいめい》の母親だと伝えられているんですよ」

「え、安倍晴明って狐の息子？」

「そういう伝説なんです。正直、えーって感じですよね」

驚くあっちゃんに、千絵は同調する。ユキナは「安倍晴明って誰？」と、彼にたずねている。

「平安時代に活躍した、陰陽師という国の役人のひとりです。陰陽師は占いやおまじないで政治に関わって、雨ごいしたり、悪霊を追い払ったりした人ですけど、その人は特に優秀だったみたいで、よくドラマや映画になってるんですよ」

「へえー。政治を占いで決めちゃうんだー」

「昔はそういうものだったんだ。でも今だって、なにか決断しなくちゃいけないときに占ってもらう政治家や企業の社長は、多いみたいだよ」

「あっちゃん、よく知ってるねー」

ユキナが科《しな》を作ったところで、千絵は鑑定を始めた。

「信田巻きの意味するところは、やさしい――。安価――。バランス感覚に優れている――。めまい――」

信田巻きにつけた、実に主観的な意味を、千絵はもっともらしくつぶやく。

「バカされる――。嘘――。そういう意味もあるんですよね」

ユキナは「あんまりいい意味じゃない」と不満そうだ。さすがに雲行きが怪しくなってきたと気づいたようで、あっちゃんも表情を硬くしている。

「どうしようかな……。でもしょうがないな。ごめんなさい。私、このネックレスはあきらめることにします」

千絵が告げると、ユキナは「えーっ」と、わかりやすく肩を落とした。

「このネックレスを手に入れると、前に進むのを妨げられるだろうって出てるんです」

「え、ほんと？　どうして？」

ユキナが不思議そうにたずねてきた。

「私ね、八月のお盆前に、五年近くも付き合った人にフラれちゃったんです。ほら、この間ユキナちゃん、会ったでしょ？　あの人」

ユキナがうんうんと、ちょっと同情顔でうなずいた。

「その人と絶対結婚するって信じてたのに、ほかに女の人がいたんです。でも私、一年も二股《ふたまた》をかけられてることに気づかなかったんです。『バカされ』てたんですね。実はあの人も、バカがつくくらい正直者なんですけど、変なところで『バランス感覚』がいいっていうか……。私のことをかわいそうに思って、『やさしい』嘘をついてたんですね」

瞬《まばた》きを繰り返しているユキナに、千絵は言葉をひとつひとつ選んで続けた。

「私、いろんなところで婚約指輪を見てました。やっぱダイヤだな、なんて。仕事中ははめられないから、普段は指輪をチェーンに通して、ネックレスにしようとか、いろいろ考えてました。そんなに贅沢《ぜいたく》もできないし、『安価』で見栄えのする、でもいいものがないかって、探し回ってたんです」

ユキナはこちらの気持ちを推し量るように、上目遣いで千絵を見てきた。

「ユキナちゃん、私を励ましてくれたけど、あの人、私とやり直す気はないと思います。私もいい年だし、それに気づいたときは、すごく悲しかった。今でも本当につらいです。……でもね、私も吹っ切りたいんです。彼にやり直そうって言うことは、新しい彼女を不幸にすること、自分と同じ目に遭わせること。私、自分自身の幸せを見つけたいんです。だからいつまでも未練たらしく、ダイヤのジュエリーを身の回りに置くのはよくないって、神さまが言ってる気がします」

「がんばれ」という言葉だけが励ましではない。そこで自分の人生をさらけ出すことを選んだけれど、はたしてユキナに伝わるだろうか。

「だから髪を短くしたんです。この季節、スースーして寒いけど、シャンプーもトリートメントもなかなか減らないし、あーよかったたって」

「……千絵さん、ごめんなさい。そういうつもりはなかったけど、傷に塩塗るようなことになっちゃいましたね」

しんみりしたユキナの横で、あっちゃんは無表情だ。さっきから一点を見つめ、おどおどした感じが消え、ちょっと怖いくらいだ。

ユキナがハッとしたように、ほかのネックレスをこちらに近づけた。

「でも、ダイヤじゃなかったら、思い出さないかもしれないですよ、千絵さん」

急に彼のためを思い出したユキナに、千絵はゆっくりと首を振った。彼に夢中のユキナには、回りくどいエールは、やはり伝わりづらかったか。

「やっぱり、やめておきます。せっかく持って来てくださったのに、ごめんなさい」

「おじゃましました」

急にあっちゃんは、ジュエリーケースを片づけ始めた。音も立てないその動作に、不気味なものを感じる。バカにされたと思ったのだろう。断るなら回りくどいことをせず、さっさと断れよ。そう思っているに違いない。

「いいんです、いいんです。ね？　あっちゃん。気にしてないもんね？　大丈夫よね？」

無言で帰り支度をしている彼に、ユキナが焦っている。

「『油断すると、すべて壊れる』という意味もあるんです。信田巻きには」

千絵はつけ足したが、ユキナは「へえ、そうなんですね」とおざなりな相槌《あいづち》を打ち、会計伝票を確かめたり、彼のコートの襟をうしろから直したりしている。

不機嫌になった彼を、さかんに気にする彼女の気持ちは痛いほどわかる。ユキナの顔をつぶしたことに、罪悪感がないといえば嘘になる。けれどこれが、千絵なりのユキナへの励ましなのだ。

「ごちそうさまでした。また来ますね」

「どうもありがとうございました。またどうぞよろしくお願いします」

あっちゃんを追いかけるようにして、あたふたとユキナは帰って行く。

彼女はもう二度と、来ないかもしれない。占いにこだわらなければよかっただろうか。

千絵はちょっと後悔しながら、フェイクファーの背中に小さく手を振った。

＊＊＊

それは暮れも押し詰まった、冬至のことだった。

午後二時、午前中にＯＬ仕事を終えた千絵は、カートを引いて店に向かっていた。おでん屋ふみの営業許可申請書で確認したいことがあるので、年内までに来所するよう、保健所から連絡があったのだ。今ごろになってとあきれたが、お役所というものは、そういうもの。面倒なことは早くすませようと、今日は午後年休を取り、店に寄って営業許可証を持ち、保健所へおもむくことにした。ただ、昼間に手ぶらで店に行って帰るのは悔しいので、ついでに夜のおでんを持って出勤したのだった。

駅前ロータリーを歩く人々は、防寒着の襟元をきつく閉じ、肩をいからせて歩いている。太陽は出たかと思うと、すぐ雲に隠れる。上空も風が強いらしい。千絵はマフラーをまき直し、手袋との隙間をなくすべく、セーターの袖口《そでぐち》を引っ張った。

イエロービルのある路地へ入ってすぐ、道路の真ん中で誰かが横になっているのを見つけた。黒っぽいズボンに、グレーの上着。その男性はもぞもぞと手足を動かしている。

「大丈夫ですか⁉」

驚いて近づいて見れば、朝ごはんを食べに来る老人だった。どうやら転んでしまったらしく、杖《つえ》はあちらに転がり、額からは血が出ていた。

「いや……。ちょっと、転んじまってね」

老人は地面に手をついて起き上がろうとしているが、力が入らないのか、自力では体勢が立て直せない様子だ。周囲には誰も見当たらない。千絵は慌てて彼の脇の下を両手で抱え、なんとか引き起こして地面に座らせた。

「ほかにケガは？」

「……聞いたことある声だと思ったら、おでん屋の女将《おかみ》だったか」

千絵だと気づき、老人は情けないところを見られたといった風にうつむいた。

身体をあちこち見てみるが、冬場の厚着が幸いしたようだ。額以外に目立ったケガは、見られなかった。

「これ、きれいですから。病院に行った方がいいかもしれませんね」

ハンカチを取り出し額にあて、衣服についた土を払ってやる。千絵の手と交代するように、老人は自らハンカチを押さえながら、「いい。病院はいい。大丈夫だ」と、はっきりと言う。

「でも……」

「いいと言ったら、いい」

ともかく、ここに座りっぱなしというわけにはいくまい。

「立てますか？」

「あ痛たたた……」

老人は額だけでなく、腰や肩も打撲しているらしい。

地面にうまく足を突っ張れない老人の脇を抱えて、千絵はがんばってみる。しかし、身長百五十七センチの女性が、少し腰が曲がっているとはいえ、自分より上背のある男性を立たせるのは無理な話だった。

こんなときに限って、誰もこの道を通らない。しからば、頼るしかないだろう。

千絵はバッグの中から、スマホを取り出した。


レジ横、クリーム色のカーテンを開け、段ボールなどが置かれたスペースを通って、小部屋に着く。ふすまに仕切られた、居酒屋の小上がりのような三畳ほどの板間が、美容室リリーの休憩室だった。

いかにも美容室らしい小物入りのケースが並び、奥には小さなガスコンロがある。板間の前には、流し台と冷蔵庫。久美子に以前、店で仮眠していいと言われたけれど、なるほどこの休憩室ならそれも可能だろう。

美智は自分の背中から、そろそろと老人を降ろした。

「どうもありがとうございました」

ふうっと大きく息を吐いた美智に、千絵は声をかけた。大柄で目方もそれなりにあるだろう美智は、老人を負ぶって運んでくれたのだ。

「いいんだよ、お安いご用さ。この子の身体を見てごらん。あとひとりくらい、背負うのもわけないよ」

「うるさいわね、お母さん。――辻さん、いいんですよ。ほんとお安いご用だから。さすがに大人ふたりはおんぶできないけど」

美智は母をにらみ、千絵には体裁のいい笑みをくれる。息が合ってるんだか、合ってないんだかわからないが、本当にいい親子である。

美智の力が戻ったところで、板間の入り口に転がった老人を三人で引き上げた。昼寝用とみられる敷布団を広げ、その上に老人をなんとか落ち着かせる。

千絵のSOSコールで、老人は美容室リリーの休憩室で休ませてもらえることになったのだった。最初に電話した黄の携帯は留守電だったので、やむなく美容室に電話したところ、ちょうど客がいないとかで、久美子と美智は二階からとんで降りて来てくれたのだ。

「傷の手当てをしないといけないね」

久美子は流し台の上棚から、救急箱を持って来た。

「大丈夫ですか？」

仰向《あおむ》けにさせられた老人の手から、千絵はハンカチをそっと取り上げた。出血は止まっているようだが、見事に皮膚が三センチばかり裂けている。傷の周りもだいぶ腫《は》れている。

「うわあ。痛そう……」

久美子が消毒液を手に顔をゆがめると、美智が言った。

「先に水で流した方がいいんじゃない？　土とかバイ菌を先に洗うのが大事らしいよ。ケガしたら水道水で洗って、絆創膏《ばんそうこう》でふたしとくのが、一番いいんだって」

「へえ、そうなのかい？」

「うん。いつだったか、遠藤さんが言ってた」

「遠藤ちゃんが言うんなら、そうするか」

「遠藤さんって、そういうことに詳しいんですか？」

ふたりの会話を不思議に思い、千絵はたずねた。

「だって遠藤ちゃん、お医者さんの卵だったからさ」

「えっ」

「昔々医学部を卒業してるんですって。でもお医者さんになる試験は受けに行かなかったらしいんです。実家は病院なのに、ちょっと変わってますよね」

「ほんと、なかなかの変わりもんさ。医者やった方が、はるかに実入りはいいだろうに」

目を丸くする千絵をよそに、久美子は「でもどうやって洗えばいいんだい？」と首をひねっている。

もう少し遠藤の話を聞きたいところだが、まずはこっちだ。水道の蛇口はすぐそこだけれど、老人に立ってもらい、シンクに頭を差し出させるのは至難の業だろう。

「いいよ、洗わなくても。その消毒薬をかけてくれ」

それまでおとなしく介抱されていた老人だったが、急に面倒くさそうに声を発した。

久美子も同じ考えだったらしく、すぐに「そうかい？」と応じている。

「でもさ、頭打ってんだろ？　病院に行った方がいいんじゃない？　私の知り合いで、床の上に散らばってた広告の紙踏んづけて、滑って机の角で頭打った人がいたんだけどさ。そんときは大丈夫だったのに、その日の夜に具合悪くなって、あっという間に死んじゃったんだよ」

ティッシュで顔面の血を拭いながら、久美子は言う。しかし老人はやはり「行かない」と応《こた》え、消毒液に顔をしかめている。

「ありゃ、絆創膏がこんな、ちっちゃいのしかない」

「お母さん、この間使って、補充しなかったでしょ」

薬箱には小傷用の絆創膏しかなかった。ちょっとへの字に見える額の傷は、大判のものでないと覆えない。美智も救急箱の中を探るが、適当なガーゼも切れているようだ。

「買ってきます」

千絵は腰を浮かした。

「大家んとこにないか、たずねてみよう。あればその方が早いよ」

「さっき携帯にもご自宅にも電話したんですけど、黄さん、留守電だったんですよ」

「いや、大家はこの時間昼寝してることがあるから、聞こえなかっただけかもしれないよ。奥さんは詐欺電話がかかってきたらヤダってんで、家の電話には出ないらしいし」

「え、そうなんですか」

果たして本当に、黄は自宅にいた。千絵が五階の黄宅の玄関チャイムを鳴らしてみると、のんきな赤ら顔が、ドアの間からのぞいたのだ。

「こんなのしかないけど、いいかい？」

「いいです、いいです。十分です」

黄は自宅の救急箱を抱えて、一緒に二階まで来てくれた。

老人はいつの間にかジャンパーを脱がされ、毛布をかけられて、ちんまりと横になっていた。先日納豆の山田に啖呵《たんか》を切った人と同一人物とは思えない、衰弱ぶりである。

古そうな正方形の絆創膏で、額のキズを覆った。

とりあえずの処置はすんだが、結構なたんこぶも額にできている。黄も病院に行った方がいいと思っているようで、久美子に目配せしている。けれど本人は拒否している。

どうしたものかと、千絵が流し台で手を洗っていると、急須《きゅうす》と湯のみを準備しながら、久美子がこそっとたずねてきた。

「あの人、名前はなんていうの？」

「私も知らないんです。聞いたことなくて」

「毎日来る常連だってのに、名前も聞いてないのかい」

あきれられ、千絵は身を縮めた。お茶の入った湯のみを、押しいただくように受け取る。

「お母さん、飲食店と美容院じゃ、感覚が違うんじゃない？　そうそう名乗ることもないだろうし、なかなかたずねることもできないし」

美智にフォローしてもらったところで、美容室に客の入って来た気配がした。美智がカーテンの外へ出て行くと、久美子は板間に腰かけていた黄に湯のみを渡し、板間に上がって、老人に話しかけた。

「おじいちゃん。名前を聞いてもいいかい？」

「あんたに『おじいちゃん』呼ばわりされるいわれはない」

すっかりしょぼくれていると思いきや、老人ははっきりと声を発した。

「あら、ごめんなさい。……そうだね。確かに私のおじいちゃんではないもんね」

「そうだよ、リリーさん。そこんとこ、わきまえてもらわなくっちゃ～」

黄が調子よく言うと、老人はうっとうしそうに目を閉じてしまった。

「でも名前を聞かなきゃ、話もできないしね～。そういや、『あんたのお名前、何アンてエの？』って歌が、昔あったっけねえ」

「古いねえ、大家も。それ、東京オリンピックの前に流行《はや》った歌でしょうが」

「とか言って、知ってるじゃないの。リリーさんも」

「私ゃ、こーんなちっちゃいときに聴いた憶《おぼ》えが、かすかにあるだけさ。トニー原《はら》だなんて、まったく知らないよ」

「トニー原じゃないよ。トニー森《もり》だよ〜」

「え、そうだっけ？」

「……原でも、森でもない。トニー谷《たに》だ」

まちがいを耳にし、黙っていられなかったのだろう。急に老人が口をはさんだ。

「あ、そうか。トニー谷だったね」

「そうだった、そうだった。ありがとう、えーと……」

「わしの名前は千田《せんだ》だ。千円・二千円の千に、田んぼの田」

漫才のようなやり取りに、気持ちが和んだか。老人は目を開け、ぼそっと名乗った。

「お。千人力でも千枚通しでもなく、銭金でたとえるのがいいねえ。で、千田さん。俺ん家《ち》はこの五階なんだけど、おたくの家はどこなんだい？」

大家がすかさず質問したが、千田は応えなかった。そうそう乗せられは、しないようだ。

「……千田さん。念のために、医者に行った方がいいんじゃないかい？」

「そうだよ、千田さん。病院で診てもらっといた方が、安心だと思うよ」

黄と久美子に同意とばかりに、千絵は板間に上がった。

「千田さん、おふたりの言う通りです。これから診てもらえる病院を探しますから、私と一緒に行きましょう」

「やめてくれ！　病院には行かない！」

千田は目を大きく開け、きっぱりと断ってきた。納豆の山田を一喝したときのように、腹から声が出ている。よっぽど行きたくない理由があるらしい。

「……じゃあ、ご家族に迎えに来ていただきましょうか？　息子さん、タクシーの運転手だから、連絡がつけば、来てくれますよね？」

通院の送迎をしてくれるくらいだ。たとえ仕事中でも、一時間や二時間、父親のためなら、時間を割いてくれるに違いない。

「ダメだ」

「じゃ、お嫁さんは？　お嫁さんが仕事中なら、下のお孫さんは？　家で勉強してる……あ、塾に行ってるのかな」

「……どっちもダメだ」

「それじゃ、私がご自宅までお送りします。タクシーに乗って、道案内するくらいはかまわないですよね？」

「……ダメだ」

思わず三人で顔を見合わせた。どうしてここまで拒むのか。まったく千田の気持ちがわからない。

「千田さん、もしかして、家に帰りたくないんですか？」

千絵の質問に、千田は目を閉じ無言だったが、ややあって口を開いた。

「……帰っちまったら、おでんが食えない」

「は？　おでん？　どういう意味？　なんで食べらんないのさ？」

予想外の理由に、久美子が不思議そうにたずねた。

「大丈夫ですよ。また店に来てくだされば、いくらでもお出ししますから」

「いいや。今帰ったら、二度と食えない。わしは女将《おかみ》のおでんが食いたいんだ」

期せずして、千絵の胸は熱くなった。そこまでふみのおでんを愛してもらっていたとは……。

なぜ「二度と食えない」のかはわからないが、常連客の思い入れに感激していると、うしろから黄に肩を突《つ》かれた。大家は無言で千絵と久美子を、休憩室の外へと手招きする。

そろりそろりと千田のそばから離れ、カーテンの手前で三人は顔を寄せた。

「千田さん、もしかして家に帰ったら、家族に叱られちゃうんじゃないの？」

小声の黄の憶測に、千絵は合点がいった。

「あ、そうか。転んだと知ったら、『だから出歩くなと言ったのに』って息子さんに言われて、二度とひとりで外出させてもらえなくなって、ふみに来られないと考えてるのかも」

「なんだい。やっこさん、ひとり歩きを禁止されてるのかい？」

「いえ、禁止まではされてませんけど、店に来る度に、家族に心配されてるって話してました。息子さん夫婦が、すごい心配性らしくて」

「あ〜、今家に帰りたくない気持ちわかるな〜。俺さ、前に結構飲んじゃって、階段から落ちたことがあったの。あちこち身体に青タンできちゃって、友だちが家までかついで帰ってくれたんだけど、うちの奥さんの頭に、すんごい角が生えててさ〜。叱られたのなんのって。そのあとしばらく、禁酒までさせられたんだよ〜」

黄は顔をしかめ、大げさにも身震いしている。そこで千絵はあらためて、千田が店に来た経緯と家族背景を、ふたりに説明して聞かせた。

「へーえ。そうだったのかい。それにしても毎晩、じゃなかった、毎朝毎朝おでん食べて、よく飽きないもんだねえ」

話を聞き終え、久美子が感心したようにつぶやいた。

「でも俺も朝は、だいたい同じメニューだよ。塩ジャケと豆腐の味噌汁《みそしる》、キムチと白い飯。もう定番。シャケが目刺しになったり、アジになることもあるけど。知ってる？　焼きジャケにキムチのっけてごま油かけると、なかなかイケるんだよ～」

「シャケキムチごま油。それ、いただき。今度やってみよう」

久美子が「なるほど」というように、ポンと手を叩《たた》いた。

「確かにうちも、朝はトーストにマーマレードと紅茶とゆで卵って、ほぼ決まってるね。ゆで卵はときどき目玉焼きになったり、ハムエッグになったりするけどさ。時間があるときは、トマトときゅうりとレタスのサラダがつくの。トマトはよく食べるね。昔は夏のもんだったけど、今は年中手に入るし、リコピンは身体にいいっていうしね。私はマヨネーズをかけるのが好きだけど、美智はあれでも体型気にしてっから、和風ドレッシングなんだよね。ノンオイルの」

「千田さんも、おでんはおでんでも、いろいろ変えてるんですよ。昆布は必ずですけど、あとはしらたきだったり、大根だったり、がんもだったり、はんぺんだったり」

「そういうおでん屋さんは、毎朝なに食べてんのさ？」

「店やる前までは、バタートーストだったんですけど、最近はおにぎりですね。店のご飯がたいていあまるから。佃煮《つくだに》とか梅干しを入れて握って、家でパリパリの海苔《のり》を巻いて食べてます。熱いほうじ茶と一緒に食べると、疲れが吹きとんじゃいます。あとはヨーグルトと、コーヒーが定番ですかね」

「俺、コーヒーがダメなんだよね〜。あの独特のにおいが、なーんか、苦手でさ〜」

「……なにみんなで、朝ごはんの話なんかしてるんですか？」

いつの間にそこにいたのか、美智にカーテンをめくられた。ひそひそ話をしていた三人はごまかすように、それぞれ違う方へと視線を向ける。

「あ、いや……。美智、忙しいかい？　そろそろ、仕事に戻ろうと思ってたとこだったんだよ。おっと、その前に千田さんの様子を見て来よう」

久美子はとってつけたように言い、ふすまへと視線を移す。あとについた千絵が小上がりに手をついてのぞきこむと、なんと千田は、軽くいびきをかいて眠っていた。

「なんだかんだで、きっと疲れたんだよ〜」

「ま、急ぐこともないやね。乗りかかった舟だ。とりあえず様子を見よう。目を覚ますまで、ここで休んでてくれていいよ」

なんてやさしい人たちだろう。千絵はふたりの言動にホッとした。見ず知らずの他人に、ここまで親切にする。是非見習いたい。

「では私、ちょっと保健所に行って、また戻ってきます」

自宅へ帰って行く黄に礼を言い、千絵はとりあえず、先に用をすませることにした。

「でもさ、おでん屋さん。ちょっと変だと思わないかい？」

リリーから出る間際、久美子が小声で話しかけてきた。

「なにがですか？」

「千田さん、なんであんなに、頑《かたく》なな態度をとってるんだろうか？」

「それは転んでケガしたことを知られたら、家族に叱られるからだと思いますけど」

急がないと、保健所は五時に閉まってしまう。

「……まあ、そうだね。行動を制限されりゃ、誰しも嫌なもんだ」

「え、違う理由があるってことですか？」

「いや、そうじゃないんだけど……。なーんか、変だなあって思ってね」

久美子は手首のパワーストーンに触れ、遠い目をしてつぶやいた。


北大塚に千絵が戻れたのは、日もとっぷり暮れた午後五時半過ぎだった。営業許可証の件は拍子抜けするような些細《ささい》なことで、どうも新しい担当者の勘違いだったようだ。二部制営業をよくわかっていなかったのだろうが、素直に謝られたので、怒りというより、脱力してしまった。

美容室リリーに入った千絵に、ほうきを使っていた久美子が近づいて来た。店に客はふたりいる。美智はひとりのカラー剤を塗り終わったところだった。

「千田さん、まだ寝てますか？」

千絵はたずねた。

「寝てる。でもトイレには起きて、ひとりで行ったね。こっちで仕事してたら、急にトイレのドアを開ける音がして、男の人のうしろ姿が見えたから、びっくりしたよ」

「肩とか腰とか、ちょっと気にしてる風だったけど、ひとりで歩いてました。声かけたら、『腹は減ってない』とはっきり応《こた》えて、また休憩室に戻って行かれました」

久美子のそばに来て、美智も報告してくれる。目が覚めたら、おでんが食べられるよう、皿に少し取り置いていたのだが、食欲はなかったようだ。

「枕元に置いといたお茶は、きれいに飲んでたけどね」

それにしても……。千絵はいぶかる。

歩けるようになったのはなによりだが、せっかく目が覚めたのに、また横になるとはどういうことか。千田はいつまで、ここに居座るつもりだろう。

「ご迷惑おかけして、本当に申しわけありません」

「あんたが謝ることでもないだろうけどさ」

今さらのように頭を下げると、久美子も複雑な顔で、カーテンの方に目をやった。

「うちは閉店まではかまわないけどさ。おでん屋さんこそ、ほんとは家に帰って、仮眠取りたいんじゃないのかい？」

そうなのである。本来ならば、つまらない保健所の用などとっくに終え、早めの仮眠に向けて、お風呂《ふろ》に入っているはずだった。せっかく年休を取ったのに、千田の世話に費やされるとは。

「私、今すぐ起こして、説得してみます」

「起こすの？　じいさん時間では、これからがまさに睡眠時間なんだろ？」

「それはそうなんですけど……」

千絵は再び奥に進んで、ふすまを少し開けてのぞいた。見れば千田は、こちらに背を向け布団の上に座り、壁のカレンダーを眺めていた。

「千田さん、具合はどうですか？」

慌てて、ふすまを大きく開けた。千田は微動だにしない。声が小さかっただろうか。

「女将《おかみ》さん。角館《かくのだて》に行ったこと、あるかい？」

板間の縁に両手をつき、千絵が声を張り上げようと息を呑《の》んだとき、そのままの姿勢で千田がたずねてきた。

　よくあるカレンダーの風景写真は、雪景色である。寺かどこかの日本庭園らしく、灯籠《とうろう》や植木にこんもりとした綿帽子が載り、土塀の屋根にも地面にも、まぶしいくらいの白い雪が積もっている。

「角館。秋田ですよね。行ってみたいと思いながら、行ったことないです」

　千絵は応えながら、歩いてくる久美子に気づく。もう仕事は落ち着いたのだろうか。

「昔、まだ孫が小さいころ、息子夫婦と孫ふたり連れて、角館、十和田《とわだ》、白神山地《しらかみさんち》と周った。家族旅行だ。あのころは女房も元気で、孫と走っとった」

　千田はなおもカレンダーから目を離さない。久美子は立ったまま、耳を傾けている。

「孫たちが春休みに入ったばっかりだったから、三月だった。春に旅行なんて、普段はしなかったんだがなあ。なんであんなときに行ったんだろう。……まだ雪が積もってたよ、秋田は。下の孫は小学一年か二年だったから、はしゃいでねえ。雪を丸めては、わしや息子にぶつけた。上の孫はちょっとおとなしい子で、春の雪には目もくれなかったが、電車が好きだったから、そっちでうれしそうだった。秋田県内陸のローカル線は、人気があるんだってねえ。息子もまだ若くて、息子の嫁さんもやせとった。ふたりとも子供たちが喜んでるから、ニコニコして……。十和田湖を背に、女房も笑っとった。わしはカメラのシャッターを夢中で切った。何枚も、何枚も、何枚も」

「いい思い出ですね。写真はアルバムにしたんですか？」

「さあな。現像したところまでは憶《おぼ》えてるけど……。どうしたかな」

「じゃ、きっと家のどこかにありますよ。捜してみたらいかがですか？」

千田はうんともすんとも言わない。せっかくの楽しい家族旅行の思い出なのに。千絵はそこで初めて、久美子の疑念がわかった気がした。

「あのころは女房がガンであっけなく逝《い》っちまうなんて、夢にも思わなかった」

そういえば、千田の口から奥さんの話を聞いたことがない。

「奥さま、いつ亡くなられたんですか？」

「十年前だ」

そんなに昔のことなら、家に帰りたくない理由が妻の死にあるとも考えづらいか。

「ずっと、お淋《さび》しかったでしょうね」

「……この十年で、なにもかも変わっちまった」

久美子がまたお茶を、それぞれにいれてくれた。千田は素直に湯のみを受け取ると、大切そうに両手で包み持ち、吹き冷ましてひと口すすった。

第五話　あたるも八卦、あたらぬも八卦

「ありゃ、絶対、なにかあるね」

千田を説得しそびれ、文字通りお茶をにごしてカーテンの外に出て来た千絵に、久美子は言った。客はみんな帰ったらしく、美智はレジの前で伝票に目を通している。

「おでん屋さん、ちょっと占ってみてよ。千田さん、なにか悩んでるみたいじゃない。私、理由《わけ》を知りたくなったよ」

久美子はすっかり同情顔だ。

「え？　無理です、無理です、そんなこと」

「どうしてよ？　この間みたいに、ちょちょっと見てやりゃ、わかるんじゃないのかい？　あの人におでん、選ばせてさ」

笑ってごまかす。とはいえ、千田になにがあったのかは、千絵も知りたいところだ。確かに、おでん占いで励ましたくはある。

再度カーテンをめくり、千絵は休憩室に入った。お茶を飲み終えた千田は、食事を拒み、またもや横になったのだけれど、はたして——。

「図々《ずうずう》しいお願いで恐縮なんですけど、今夜、ここで仮眠させてもらえないでしょうか？」

千田の寝顔を見て、休憩室の電気を常夜灯にして戻った千絵は、待合ソファにいた久美子に、思い切って切り出した。

「千田さんはたぶん、夜中の三時までいるつもりなんだと思います。だから私がここで、付き添おうと思います。それで三時になったら、店で朝ごはん食べてもらって、自宅まで送り届けます」

千田がなにを考えているのかはわからない。けれど成り行き上、千絵には責任がある。山田を一喝してもらった恩もあるし、こうなったら最後まで世話をし、家族の元へ送り届けるのが、人としてあるべき姿だ。

「……そりゃかまわないよ。仮眠に使っていいって、私ゃ、確かに言ったからね。毛布はまだあるし、暖房点《つ》けときゃ、寒くもないだろうさ。でも三時って……。おでん屋さんは準備しなくちゃいけないから、十一時半には一階に降りるだろ？　そしたら三時までは千田さん、ここでひとりっきりになるけど、いいのかい？」

「……三時間くらい、ひとりで寝てちゃ、マズいでしょうか？」

上目遣いになった千絵に、久美子が慌てたように両手を振る。

「違う違う。私ゃ、泥棒されるとか、そんなこた心配しちゃいないよ。およそじいさんがほしがるようなもんはここにはないし、夜は現金を置かない主義だしさ。ただ千田さんになにかあったとき、ひとりで大丈夫かって心配なだけ。日中、頭を打ってることもあるし」

「確か、頭を打撲したあとは二十四時間注意が必要って、遠藤さんが言ってました」

美智が母親をフォローするように言うと、久美子はわが意を得たりと、うれしそうにした。

「そういや、遠藤ちゃんに診てもらうの、忘れてたね」

「バーはもう、始まっちゃったね。お客さんいるかな。あ、大家さんが飲んでるか」

時刻は午後六時十五分。今さら遠藤に診てもらっても意味ない気はするけれど、病院に行かないとなると、あとで頼むのもひとつの手か。

「まあそれはどっちでもいいとして、おでん屋さん。いいよ。ここであのじいさんに添い寝してやんなよ。あ、変な意味じゃないよ。介護人としてってことだよ」

「なに言ってるのよ、お母さん。あたりまえじゃない」

美智に突っこまれ、久美子はちろりと舌を出した。

確かに成人男女がふたりきりで、同じ部屋で過ごすのは考えものだが、たぶん、おそらく、絶対に、その心配はない。

「ご理解、ありがとうございます。あの、お礼は必ずさせていただきますので」

「やだねえ、水くさい。そういうのを期待してんじゃないよ。人助けだよ、人助け」

久美子はそう言って手を振っているが、後日なにかを持って行けば、喜んで受け取るのだろう。


「あー気持ちいい……」

大きな湯船に身を沈め、千絵はため息と一緒に声をもらした。洗い場の客にはジェットバスの音がうるさくて聞こえなかったようで、みんなそれぞれ、自分の身体の世話に集中している（それくらいジェットバスが多い銭湯だ）。

ＪＲ大塚駅の南側。都電線路のすぐ近く。千絵は久美子におしえてもらった老舗《しにせ》名物銭湯に、今日の汗を流しに来たのである。

銭湯なんて何十年ぶりだろう。湯気の立ちこめる広々とした空間を目に、千絵は思い切り手足を伸ばす。

自宅マンションの狭いユニットバスでは決して味わえない開放感だ。スーパー銭湯のように近代的な施設にはないレトロ感が、妙に心を落ち着かせてくれる。

ここは大正時代創業という歴史ある銭湯で、昭和に元号が変わったことを記念して、屋号がつけられたらしい。久美子の言った通り、脱衣所の天井一面に、スペースシャトルのような、そうでないような宇宙船が、星の瞬く空間を飛んでいる絵が描かれている。浴場の壁には楽しい街の風景画もあり、退屈することはない。

並んだ赤と青の蛇口を調節して、ケロリンの桶《おけ》にお湯をため、身体を洗った。金属シャワーヘッドから出るお湯は水圧高めで、とても気持ちがいい。

こうなったら銭湯の定番コーヒー牛乳を、腰に手をあて、グビグビ飲んでやろう。寝風呂《ぶろ》も薬風呂も、深風呂もミクロバイブラバスもすべて堪能《たんのう》した千絵は、次回は二階のサウナにも行こうと心に決め、渇いたのどを潤すことを楽しみに、脱衣所へと向かった。

午後八時前、再び美容室リリーに戻った。今日は何度も出入りしているので、ここが本当に自分の家になった気がする。

閉店間際の店内は、あと片づけがほぼ終わっていた。

「おかえり。ずいぶんさっぱりしたようじゃないのさ」

「はい、おかげさまで。とてもいいお湯でした。あの、夕飯ここで食べてもいいですか？」

千絵は待合ソファを指し、途中で買ったレジ袋を掲げてみせる。休憩室では千田が寝ているので、あまり物音を立てられない。

「いいよ。今夜はシャケ弁かい？　あら、キムチもごま油も買ったの？」

「はい。さっき黄さんの話を聞いたら、やってみたくなっちゃって」

我ながら単純だと思うけれど、こうなったらとことん楽しんでやれ、の気分なのだ。

「先にしてやられたね。美智、うちも今夜はシャケ買って帰ろう」

「ＯＫ。キムチは黄さんの奥さん手作りのが、まだ冷蔵庫にあるしね」

朝ごはん談義を立ち聞きした美智は、笑顔で応じている。

「そのうちおでん屋さんにも、キムチのおすそ分けが届くと思うよ。大家の奥さんは極端な人見知りで、私らもほとんど会ったことないけど、毎年キムチを旦那《だんな》に持ってかせるのを、生きがいにしてるっていうからさ」

久美子は早口でそう言うと、帰り支度を始めた。

もう帰っちゃうのか。千絵はもう少し話したい気分だったので、ちょっと寂しい。

「お茶っ葉、自由に使っていいからね。電子レンジが古くて、ドア開けるときに引っかかるけど、グッと力入れれば、開くからさ。じゃ、私たちはこれで」

「すみませんが、戸締りよろしくお願いします」

「お願いだなんて、とんでもないです。こちらがわがまま言って、使わせていただくのに。本当にすみません。戸締り、十分気をつけます」

こんな奇妙な展開にも動じることなく、久美子と美智は気持ちのいい笑顔を残し、帰って行った。


千絵は夕食の途中で一度、様子を見に行ったが、千田はいっこうに目を覚ます気配がなかった。それどころか、夕方よりも眠りが深くなっているような気がする。大丈夫だろうか。頭を打ったことによる影響でなければいいのだが。

しかしこちらの心配をよそに、千田は規則正しい呼吸を繰り返している。人がすやすやと眠っているのを見ていると、こちらも眠くなってくる。

千絵は夕飯を食べ終えると、早々に歯を磨き、ドラッグストアで買ったトラベルセットで、再度肌を整えた。

千田の足元に、斜めに座布団四枚を敷いて身体を横たえるスペースを確保する。千田と千絵で、ちょうどカタカナのイの字を書くような格好だ。

こみ上げる笑いを、そっとかみ殺す。小学生の野外教室の宿泊でも、こんな布団の敷き方はしないだろう。

ふすまを閉め、通路の灯《あか》りが閉ざされ、常夜灯だけになった小部屋は、どこか別世界のようだった。

美容室のタオルで覆った小枕に頭を載せた。コンクリートの壁越しに伝わる雑踏のざわめきと、千田の寝息が混じり合い、奇妙なハーモニーを奏でている。

音ではないような音が、耳に栓をしている。まるで深い海の底に沈んだかのような心持だ。手も足も頭も、体幹さえも、水の浮力で重みをなくしている。心が解き放たれるとはこういうことか。

窮屈な姿勢、しかもセーターとウールのタイトスカート姿で、毛布をすき間なくひっかぶっているのに、千絵はとてつもない解放感に包まれ、すぐに眠りに落ちた。


十一時十五分。スマホのアラームで目を覚ました。銭湯のおかげか身体がポカポカとして、途中で目を覚ますことなく、意外にぐっすり眠ることができた。

「ケガ人に添い寝した割には、よく眠ったたって顔ね」

「どうして知ってるんですか？」

開口一番、グラスを磨きながら声をかけてきた遠藤に、千絵は浮腫《むく》んだまぶたを気にしながら問い返した。

「黄さんから話を聞いているときに、ちょうどリリー親子がやって来たのよ」

銭湯帰りに窓からのぞいたとき、黄の姿は見えなかったが、その後降りて来て、バーで飲んだらしい。

「で、そのおじいちゃん、大丈夫なの?」

遠藤は真面目な顔でたずねてくる。医者の卵だった身としては、気になるのだろう。

「大丈夫じゃないかと思うんですけど。さっきも眠ってたし、よくわからないです」

「実は眠ったフリしてるだけだったりして」

そうかもしれない。あの千田が、自分の図々《ずうずう》しさを自覚していないわけがない。

「ところで、シャケキムチのごま油がけは、どうだったの?」

久美子はそんなことまで話したのか。

「……思った通りの味っていうか……意外と普通でした」

「でしょうね。黄さんってときどき、ちょっと疑いたくなるものを、うまいって、気に入るのよね」

遠藤はあきれたように言い、カウンターから出ると、壁の革ジャンを外して、さっさと袖《そで》を通した。

午前零時におでん屋ふみの提灯《ちょうちん》に灯をともすと、すぐに三人の男性客が入って来た。

なんだかモリモリと食べる人たちで、あれこれ忙しく動いているうち、若い男女のカップルもやって来て、千絵はおでんと熱燗《あつかん》を、次から次へと作る羽目になった。

おでん屋ふみ始まって以来の多忙な夜はあっという間に更け、気づけば夜中の三時を過ぎていた。

千田は大丈夫だろうか。

大量の洗いものを前に、そろそろ二階へ迎えに行かねばと考えていたら、出入り口のドアが開き、千田が店に現れた。すぐあとから、なんと遠藤も入って来る。

「……いらっしゃいませ、こんばんは……じゃなかった。おはようございます」

「おはよう」

当惑する千絵に、千田はいつもと同じ調子であいさつをし、いつもの席に座った。

「遠藤さん、もしかしてあれからずっと、千田さんと一緒にいたんですか？」

「だって三人して、うるさかったんだもん」

千絵は思わず両手を合わせた。遠藤にお礼を伝え、黄と久美子と美智にも、心の中で感謝する。

「傷を診てもらったよ」

言われてみれば、千田の額の絆創膏《ばんそうこう》が、きれいないいものに貼り変わっていた。バーにも救急箱が常備されていたのか、どこかで買って来てくれたのか。

「鍵《かぎ》の置き場所、知ってたんですか？」

「ご丁寧に、リリーの店長が渡してってたわよ」

遠藤はズボンの尻《しり》ポケットからキーホルダーのついた鍵を取り出し、「あんたの持ってるのと一緒に、隠し場所に置いといて」と、千絵に手渡してくる。本当は手が空いたとき、千絵が寝ている間にも、鍵を開けて入れと言われていたのかもしれない。

「あーあ、久しぶりに医者のまね事したら、お腹がすいちゃった。夜食におでんでも食べて帰ろうかしら」

突然遠藤は声を張り、珍しいことを言い出した。

「はい！　毎度ありがとうございます。なんにいたしましょう？」

「あら。『毎度』だなんて、あんたも水商売が板についてきたようね」

調子よく応《こた》えた千絵を、遠藤がうさんくさそうな目でちらりと見る。今後はもうこの人の切れ長の目を、こわいと感じることはないだろう。

遠藤は卵と大根、ちくわぶと牛スジにゴボ天を、あっという間に食べ終えると、

「じゃあね」と、千田にそっけないあいさつをし、千絵には「換気扇、回しっぱにするの忘れないで」と、いつものように念を押して帰った。

　昨日の午後からなにも食べていないのに、千田はいつもと同じ、スローペースだった。昆布と大根、はんぺんに信田巻きと、四品を順番に注文し、炊き立てご飯とともに、味わいながら食べている。

　これといった会話もせず、ゆっくりと食器を洗いながら、千絵はときどきその姿を眺める。

　なんだか千田が、他人とは思えなくなってきた。おでん占いに水を向け、悩みを聞き出してやろうと思っていたのに、そんな気はすっかり失《う》せてしまった。この穏やかな時間を、わざわざ壊さなくてもいいじゃないかと思った。

「わしはどうやら、いろんな人に世話になったらしいな」

　ふと目が合った千絵に、千田がつぶやいた。目顔でそれを首肯する。

　と、出入り口のドアが開いた。

「いらっしゃいませ、こんばんは……」

　出迎えの語尾が、小さくなってしまった。なにしろそのご新規さんは、納豆の山田だったからだ。

「いい、女将《おかみ》。今日はツケを払いに来ただけだ」

おしぼりと箸《はし》を準備しかけた千絵を制し、山田は背広の内ポケットから財布を取り出して五千円札を抜くと、千絵の目の前に置いた。千田は山田を凝視している。

慌ててお釣りを渡そうとした千絵を再び手で制し、山田は「チップだ。取っといてくれ」と言い、ちらりと千田の方を見た。今日の山田はまったくのシラフのようだ。

「でも、ちょっと多すぎます」

この間の代金は二千八百円だった。

「いいんだ」

なおも二千円を手にする千絵に、山田はそう言ってニヒルな笑みを浮かべた。

「……ありがとうございます。では遠慮なく」

千絵はそこで手提げ金庫に札を戻し、山田に向かって丁寧に頭を下げた。千田は自分の顎《あご》あたりを指で撫《な》で、「やるじゃねえか」とでもいうような表情だ。

「今日も忘年会だったんですか？」

「ああ。でも今日は、二次会の途中で連絡が入って、ちょっと会社に戻ってた。トラブル発生で、急きょ調整が必要になったからな」

「それは大変でしたね。大丈夫だったんですか？」

「事なきを得た。酔いもさめちまったし、せっかく会社に戻ったついでに、領収書や伝票の整理をしてたら、ここのツケを思い出したってわけだ」

「こんな時間まで、ですか？」

「途中、居眠りしたんだよ」

苦笑する山田が、なんだか若返って見えた。酔っていないときは、こんなに普通の男性なのか。

「またのお越しをお待ちしております」

店から出て行こうとする山田に、千絵が声をかけると、彼は右手で胸のあたりを二回、軽くたたいた。

「え……？　それって、もしかして……」

財布が戻ってきたのだ。この様子は、たぶん中身も無事だったのだろう。なんだか自分のことのようにうれしくなった千絵は、つい破顔してしまった。

「世の中まだまだ、捨てたもんじゃねえよ」

どこまでもカッコつけたがる男に、千絵はサムアップをして見せる。この仕草も是非、サマになるようになりたいものだ。

「ちょっと早いけど、いい年を迎えてくれ」

「はい。ありがとうございます。山田さんもよいお年を」

山田は、また千田に視線をやった。どうも額の大きな絆創膏を気にしているらしい。

「あんたもな」

「……おう。じいさんもな」

声をかけたそうにした山田に、千田が先に水を向けた。応じた営業マンは、恥ずかしそうな顔でドアから出て行く。千田はなに食わぬ顔で、お茶をすすっている。ふたりのオトナの対応に、千絵は胸がすっとする。

今年のわだかまりは、今年のうちに。

いいものを見せてもらったとばかりに、千絵は五千円札をそっと取り、手提げ金庫に丁寧に納めた。


「さて、わしも帰るとするか」

千田がゆっくりと、腰を上げた。

気づけば午前四時半になろうとしている。千絵は電話をかけ、タクシーを呼んだ。

「一緒にタクシーに乗ってくれないかい？」

「……そのつもりでした」

タクシーが到着する前、意外にも千田の方から依頼された。送ることを説得しないといけないだろうと考えていた千絵は、拍子抜けする。そしてホッとしながら、閉店作業をバタバタとすませた。

イエロービルから車で五分ほど走った通りで、千田はタクシーを止めさせた。千絵は料金を支払い、道中にらんでいたカーナビの地図を頭の中で反芻《はんすう》する。ちょっと入り組んだ住宅街。迷わずに歩いて帰れるかどうか心配だ。

「お茶、飲んでかないかい？」

車が通れない狭い路地に入ってすぐ、千田はくるりと振り向いた。

「いいんですか？」

「誘うんだから、いいに決まっとる」

自宅前まで送ったら、お役御免だと思っていた。しかし千田は来てほしそうだ。もしかしたら家族を叩《たた》き起こして、礼を言わせるつもりなのかもしれない。

まだ街灯がありがたい暗い路地を、千田のうしろについて歩いた。

十五メートルくらい行くと、二階建てのアパートが目の前に現れた。千田はその一階、端から二番目の部屋のドアの鍵穴《かぎあな》に、ポケットから取り出した鍵を差しこんだ。

ここで家族五人が暮らしている……？

どう見ても単身者用の集合住宅だ。いぶかりながらのぞいた玄関ドアの奥は、六畳ひと間に小さな台所がついているだけの、なんとも簡素な部屋だった。

「入ってくれ」

「おじゃまします……」

万年床風の布団に小さな四角い座卓、そしてテレビと衣装ケース。この部屋には押し入れすらないようだ。台所の向かいにトイレはあるようだが、浴室はないらしい。そしてなにより、家族のいる気配がなかった。

エアコンのスイッチを入れた千田は、電気自動ポットの再沸騰スイッチを押すと、アルミ製の急須《きゅうす》に、袋から直接茶葉を入れた。寒々とした部屋に、金属と乾いた茶葉のあたる音が小さく響いた。

「見ての通り、わしはひとり暮らしだ。ずっと嘘をついていた。許してくれ」

「許すだなんて、そんな……」

「そのへんに座ってくれ」

座布団は一枚しかない。千絵はそれを遠慮して、コートを着たまま畳の上に正座する。

千田はコーヒーカップにいれた緑茶を千絵に手渡すと、自分の分は準備せず、敷きっぱなしの布団の上に腰を下ろした。また、こちらに座布団を勧めてくる。千絵は恐縮しながら、少し湿った藍色《あいいろ》のカバーの上に膝《ひざ》を載せた。

「全部が全部、嘘ではなかったんだよ。ひとり息子は家から会社に行ってたし、あいつが結婚してからも同居してた。そう、要領が悪い息子が、自分で嫁さんを連れて来たときは驚いたもんだった。孫も男の子がぽんぽんとふたり生まれて、すくすく育って……。将来が楽しみだと、女房とも話してた」

千田は、薄く笑みを浮かべた。座卓の上に散らかった、健康保険証やどこかの店のポイントカード、耳かきや眼鏡、年賀状や筆ペンなどを、おざなりに片づけている。

「家のローンもやっと終わったころだった。ようやくひと息つけると思った矢先、女房に卵巣ガンが見つかっちまった。手遅れに近くてな。なんとか治してやってくれって、いい病院を探して入院させた。そしたら今度は、息子が長年勤めた会社をリストラされちまった。だから嫁も、のんびりやってたスーパーのパートを増やさざるを得なくなった。息子は就職面接に何社も落ちたあげく、結局タクシーの運転手になった。歩合制だし、サラリーマンやってたときより、大幅に収入は減った。気落ちしてるところに、女房が死んじまった。泣きっ面に蜂とは、このことだと思った」

話に圧倒され、千絵はうまい相槌《あいづち》も打てない。

「そのころ下の孫は、小学校でいじめられていたらしい。でもふた親とも余裕がなくてな。気づいてやれなかった。無論わしもだ。女房のことで頭がいっぱいだった。そのうち、上の孫の高校受験を考える時期がきた。あいつは鉄道系の私立に行きたがってたが、そんな金はうちにはなかった。息子が公立にしろと言ったら、上は猛反発した」

促され、千絵は座卓に置いていたコーヒーカップに口をつけた。冷めた緑茶の渋みが、口の中に広がる。

「何回か節目はあったんだが、わしはもう少し働かしてくれないかと会社に頼んで、週三日ほどアルバイトで雇ってもらった。もう七十二だったけれど、上の孫の教育費の足しになればと思った。悪いことが続いたけど、孫が犠牲になるなんて、かわいそうじゃないか。せめて子供は生き生きとしていてほしかった。わしはがんばったよ。今はいいコンピューターのついた機械で、わしらの仕事と同じことを、あっという間にやっちまうけど、この稼業、何年やってると思ってる。仕事はそう思ってやっていた」

千田はそこで鼻をすすった。

「わしの稼ぎと年金でなんとかしてやってくれと息子に頼んで、孫には私立を受験させた。奨学金を借りれば、わけはない。でも孫は失敗しやがった。だから滑り止めも、第二志望じゃなく、安パイの第三志望に変更せざるを得なかった。……行きたくない高校では勉強にも身が入らなかったんだろう。結局二年の途中で上の孫は、退学しちまった。おんなじころだよ。下の孫が中学に行かなくなったのは」

エアコンの風の音が弱くなり、部屋が十分温まったことを知らせた。けれど千絵は、コートを脱ぐ気になれない。

「両親は子供たちを叱るばっかりで、話を聞いてやらなかった。息子にも嫁にもそれを言ってやるんだが、なかなか……。そしたらとうとう、上の孫が家をとび出しちまった。考えてみれば、親はどうしても下の孫に目がいっちまう。……すねたんじゃねえのかな。気のやさしい分、寂しさも大きかったんだよ。わしも話しかけてたつもりだったが、ジジイではダメなところがあったんだろう」

千田はそう言って、左の肩を気にする仕草をした。

「大丈夫ですか？」

「ああ、大丈夫だ」

声が少しかすれている。千絵はハッとして、立ち上がる。今ごろ気づく自分が情けない。さっき、自分がお茶をいれてあげればよかったのに。

千田は手渡されたマグカップを黙って受け取り、音を立ててすすると、また続けた。

「下の孫は、ちょっと気の短いところがあってな。学校に行けないうっぷんを、父親に向け始めた。いわゆる家庭内暴力というやつだ。息子はしょっちゅう青タンつくって、タクシーに乗ってた。止めようとするんだが、下の孫は身体がでかいんだ。わしではとてもかなわない。一度とっくりと話したけれど、親父の顔を見るだけでムカついてくると言いやがった。だから『お前の父さんがあんなふうになったのは、じいちゃんのせいだ』と話した。そしたら今度は、あいつのゲンコツがわしにも向けられるようになった。父親と違って、わしは一日中家にいる。なるべくどこかへ出かけるようにはしたけれど……。嫁が危ないと言い出した。自分の建てた家から、建てた本人が出て行くなんてと悔しかったけど、観念したよ。息子らを追い出すわけにはいかなかった。それで家からそんなに離れてないアパートを探して、ここで暮らすようになったってわけだ」

そこで千田は、手のひらにくるんでいたマグカップからお茶をひと口飲むと、深く長いため息を吐いた。

「……ここに越して、どれくらいになるんですか？」

「三年くらいだ」

「もしかして、昨日家に帰ろうとしなかったのは、ここに下のお孫さんが追いかけて来るからですか？」

嫌な想像が、頭をもたげていた。

「いや。さすがにそこまではしない。下の孫のゲンコツは、わしが家を出てから減ったらしい。でもまだ油断はできないと、この間息子は言ってたがな」

ではなぜ千田は、帰りたがらなかったのだろう。下の孫がまだ落ち着かないことに心を痛めつつ、疑問に思っていると、千田の方から答えをくれた。

「越してしばらくして、上の孫がここへ訪ねて来るようになったんだ」

「おじいちゃんを心配してくれたんですか？」

千田はさっきと同じような薄笑いを浮かべて、首を振った。

「最初はわしもそう思って喜んだが、あいつ、金を貸してくれと言いやがった」

千絵は目を閉じる。まさかの展開だった。

「上のお孫さん、働いてなかったんですか？　近くに住んでたんですか？」

「都内だろうが、どこに住んでるかはわからん。言わないんだ。どんな事情があるのかもわからん。ただアルバイトしてるけど、金が足りないと、そればっかり言う」

「ひとり暮らしなんでしょうか……」

「さあな。だからわしは、家に戻るよう言ってやった。戻りづらいなら、じいちゃんが仲立ちしてやるともな。でも嫌だと言いやがった。ただでさえ生活に余裕のない両親に、迷惑はかけられんと。弟のために、親がいろんなところに相談に行って、金遣ったことを知ってるんだ。だからわしは、金を貸しちまった。そしたらヤツは味を占めて、ときどきここへ来るようになった」

千絵は思わず顔を伏せた。黄色く日焼けした畳は傷み、ところどころがささくれている。以前千田が「夜の闇がいっそう濃い気がする」と言ったのは、このことかもしれないと思った。

「わしに借金を申しこむのも、勇気のいることなんだろう。どっかで飲んだり、遊んだりした帰りなのか、朝の四時、五時にドアをノックされることが多い」

「だから毎朝、出かけてらしたんですね」

「だいたい年金支給日のあとに来るから、そんなに毎日出かけなくても、よかったんだけどな。ついおでん屋に行くのが楽しくなった」

千田は自嘲《じちょう》気味に笑った。

「昼間は来ないんですか？」

「ずっと来なかったが、昨日初めて、昼間たずねて来た」

「えっ」

「ドアを開けないでいたら、あきらめて帰った。けど、また戻って来るんじゃないかと、不安になった。そしたらいつの間にか外に出ていて、おでん屋に向かってフラフラと歩いているうちに、転んじまった」

そんなに複雑な事情だったとは。千絵はなんて言っていいのか、わからない。

「『じいちゃん。僕、がんばってんだけど、うまくいかないんだ』って、目の前で涙見せられるとなあ……。こいつの不甲斐《ふがい》なさは、父親に似たんだと思うと、申しわけない気になってなあ」

千田は宙を見つめてつぶやいている。山田にはっきりものを言った千田も、泣きついてくる孫を叱るのは難しいのだろう。

「本当は孫に会いたい。金持ってかれても、顔を見るのが楽しみだった……。でもいつの間にか、わしはあいつから逃げることばかり考えるようになった」

千田の顔が急にくずれた。しわだらけの顔をくしゃくしゃにして、両目から涙があふれ出す。

「おでん屋で、あんたに話してるうちに、昔のように、みんなで仲良く暮らしているような気になった。それが楽しくてな。……息子もリストラされてない。上の孫もちゃんとした会社で働いてる。下の孫は高校に行ってりゃ、ちょうど受験生だ。元々頭は悪くなかったから、つい東大なんてホラ吹いちまった」

嗚咽《おえつ》をこらえながら話す千田に、千絵は思わず目頭を押さえた。たぶん誰も悪くないだろうに。

「いっぱい嘘ついたけど、朝メシを一番大事にしてるってのは本当だ。毎日食っても飽きないおでんだった。ありがとう。世話になったな。あの医者のなりそこないって人や、夫婦《めおと》漫才するふたりや、わしを負ぶってくれた姉ちゃんに、よろしく伝えといてくれ」

「……なんだかもう、店に来ないみたいな言い方ですね」

「もう店には行けないよ。わしは明日《あした》病院に行くから」

「やっと、病院に行く気になってくれたんですね」

「退院できるかどうか、わからん」

「大丈夫ですよ、きっと」

今こうして元気に話しているのだ。たぶん大事には至らないだろう。

「違う。わしはもしかしたら、もっと大きな病気かもしれない」

「えっ」

「医者のなりそこないに、きちんと診察してもらった方がいいと、言われちまった」

打撲した箇所のついでに、腹や背中なども遠藤に見せると、重病の兆候を指摘されたらしい。実のところ、自分でも薄々感づいていたのだが、妻の闘病生活が頭にあり、受診を躊躇《ちゅうちょ》していたのだという。昨日はその病気も見つけられてしまうかもしれないと考え、頑《かたく》なに拒否していたのだった。

「『たぶん入院だ』と言われたよ。よくなるかわからんし、治ったとしても、身体が弱って、もう二度とひとりで外は出歩けないだろう。だから今日がおでんの食べ納めだった」

指で涙を何度もつまむように拭《ふ》き、淋《さび》しそうに千田はつぶやいている。

人は弱い生きものだ。ちょっとしたことがきっかけで、すぐに足元が揺らいでしまう。すると周りが見えなくなり、一番の味方である家族の手さえ、取れなくなる。そうしてみんながもがいているうち、千田家の人々は、思わぬ方向へ転んでしまったのだろう。

「大丈夫です。もし入院されたら、おでんを持ってお見舞いに行きますから。うちのおでんを食べたら、病気も絶対治ります。だから悲観しないでください。あの営業マンにガツンと言ってくれたときみたいに、元気になってください。そしてまた、うちのおでんをお店まで食べに来てください」

千絵は身を乗り出し、心をこめて言った。ごわついた千田の手を取り、強く握る。

「やさしいねえ、女将《おかみ》は……」

千田の顔にみるみる赤みが差す。気づけば窓の向こうが、しらじらと明るくなっていた。

「千田さん、うちに来ると、必ず昆布を注文されますよね」

「あ？　ああ……」

急になにを言い出すといった顔で、見つめられた。けれど千絵は、どうしても千田を励ましたい。

「昆布を選ぶ人は、がまん強い人なんです。一見地味で、人の犠牲になりやすいんですけど、どんな姿になっても、最後の最後まで自分の良さを発揮できるんです。だから千田さん、あきらめないでください。病気は治ります。お孫さんたちも、きっとわかってます。私のおでん占い、あたるんですよ。信じてください。きっといい方に向かいますから。心を強く持ってください。道は必ず開けます」

面食らったような千田だったが、やがて困ったような笑みを浮かべた。まさかこんなところで、おでん占いをされるとは思わなかったのだろう。

「ありがとうよ、女将」

そのとき玄関の方で、コトリと音がした。ドアについたポケット式郵便受箱に、なにかが入れられたようだ。

「新聞が来ましたね」

「……わしは新聞なんか取ってない」

目で促され、千絵は洟《はな》をすすって立ち上がった。ドアまで行って郵便受箱のふたを開ける。

中に入っていたのは、やはり新聞ではなかった。

「紙袋です」

光沢ある平べったい黒い紙袋の右肩に、赤いリボンのシールが貼りつけられている。ひっくり返すと、もみの木をかたどったシールで封がされていた。

急いで玄関ドアを開けて、あたりを見回した。

誰もいない。街灯もアパートの通路の電灯も消えた冬の外気は、一日が始まりつつあることを静かに告げるばかりだ。

戻ってクリスマスプレゼントらしき紙袋を手渡すと、千田はいぶかしげにそれを眺め、「開けてくれ」と千絵に依頼してきた。

「手袋です！」

紙袋に入っていたのは、男性用の茶色い手袋だった。新しい牛革独特のにおいと手触りが、そんなに安いものでないことを伝えてくる。

「メッセージがついてます」

千絵は手袋に続いて、名刺大くらいの白いカードを千田に渡した。眼鏡をかけてメッセージを読んだ千田は、「上の孫だ……」と乾いた声でつぶやいた。


少し早いですが、クリスマスプレゼントです。長生きしてください。悠太《ゆうた》より

老人の手元をのぞきこむと、あまりうまくない文字で、そう書いてあった。千絵は思わず千田と顔を見合わせる。

「あいつめ……。こんなもん、くれなくていいから、金返しやがれってんだ……」

千田は声を震わせ、笑っている。千絵の目にも心にも、熱いものが押し寄せる。

「お孫さん、やっぱりおじいちゃんのこと心配してたんですよ。昨日はこれを渡したくて、昼間に来たんですよ」

「まったく、あいつは……。それならそうと、ちゃんと言やあいいのに……」

大きな病気の疑いがあるとは思えないほど、しっかりした声で千田は言う。山田を喝破したときのように、腹から出ている声だった。

「ほら、おでん占い、あたったでしょう？」

祖父の手袋がくたびれていることに気づけるのだ。今はちょっとイケてないかもしれないけれど、悠太はきっと、立ち直ってくれると信じたい。

「千田さん。せっかくお孫さんが手袋くれたんだから、また出歩けるようになりましょうよ。その手袋はめて、是非また、ふみに来てくださいよ」

明るい陽の光が、窓から差しこんでいる。眼鏡を外しては涙を拭《ぬぐ》い、また眼鏡をかけ、老人はメッセージを読み返している。

「そうだな……。この手袋なら、杖《つえ》も滑らんわ」

そうして何度も何度もうなずいている千田の手に、千絵は座卓の上の健康保険証を取り、そっと握らせた。

＊＊＊

十二月二十九日午前零時半。ひときわ寒い夜。おでん屋ふみ、今年最後の営業日に、ユキナがひとりでやって来た。

「また来てくれるとは、思ってませんでした」

「いらっしゃいませ」も忘れた千絵に、ユキナは薄く笑った。

「ビールください」

ユキナは大儀そうに身体を椅子に乗せた。今日の彼女はかわいいワンピース姿だが、不自然なほど、アクセサリー類を身に着けていない。

「クリスマスの夜……彼と一緒に過ごしたんですか？」

冷えたビールとグラスを差し出した千絵に、ユキナは首を振った。

「それまでに会いたくなって電話したら、もう店には行かないって言われちゃいました。電話もメールもしてこないでくれって」

「え、どうして？」

意外な展開だった。

「やっぱり奥さんを裏切れないって。私のこと好きだから、もう会わないって。お互い傷つくのは目に見えている。その前に終わりにしようって言われたんです」

さばさばした調子のユキナを不思議に思う。ネックレスを売りつけようとした前回の姿から考えると、もっと悲嘆にくれていてもいいはずなのに。

「ごめんなさい、千絵さん」

手酌しながら、ユキナはなぜか謝ってきた。

「私あの日、あっちゃんとのお付き合い、反対されてるってわかったけど、気づかないフリしたんです」

なんだ、そうだったのか。

「私、あっちゃんのこと、大好きだったから……。なに言われてるかわかんないフリしたら、あっちゃんもスルーしてくれると思ったんだけど……」

そう言って、ユキナはビールをひと口だけ飲んだ。いつもと異なるグラス運びに、静かな悲しみが伝わってくる。

「……やっぱり、あっちゃんさん、誠実な人だったんですね」

「はい。あっちゃんは、本当に誠実な人でした」

ユキナはまたちびりとビールをやった。まさかあの占いが、彼の方にも通じるとは思わなかった。

「でもね、千絵さん。あっちゃんだけだったんです。『もう親を捨てていいよ』って言ってくれたのは。みんな私の話を聞くと、『偉いね、がんばってるね、親は大事だよね、これからもがんばらないとね』って言うけど、あの人だけは違ったの」

ユキナにとって、あっちゃんはよき理解者だった。つらい現実から救ってくれる、大きな慰めだった。

店の前の通りを、大学生くらいの男性の集団が、大声で騒ぎながら通り過ぎた。

「あのね。失恋した人は、同じように恋にやぶれた人と慰め合った方がいいんですって。そうすると立ち直りが早いらしいです。心理学の本に書いてありました」

「へえ、そうなんですか」

しんみりと千絵は言ってみせたが、ユキナはどうでもいいといった風だ。こちらを気遣うようないつもの愛想はなく、素の自分で話をしに来たことがうかがえる。

「だから今夜は、一緒に飲みましょうよ」

それでもひるまず、千絵はビールをもう一本、冷蔵庫から取り出した。新しいグラスを準備し、自分用に静かに注ぐ。多少強引でも、ユキナを励ましたかった。

「千絵さん。私大丈夫ですよ。だって、私はがんばりやさんだから、困難も乗り越えられるって、あのとき占ってくれたじゃないですか。だから大丈夫です」

きっぱりと言ったユキナに、千絵は冷たい液体の入ったグラスを持ったまま固まった。

素のユキナはこういう人間だったのだ。実はこの人は、千絵が思うよりずっと大人で、ずっと物事をわかっていたのかもしれない。

「そうですね。がんばりやさんだし……失恋から立ち直るのも、早そう」

「たぶん千絵さんより、ずっと立ち直りは早いと思いますよ」

恨みを晴らすようにそう言い、ユキナは千絵のグラスに、自分のグラスを乱暴にぶつけてきた。

＊＊＊

「おでん屋さん。あんた明日《あした》の晩、来られんのかい？」

三十日の午後、遠藤と店の大掃除をしていると、久美子が二階からやって来てたずねた。

「明日の、晩って、なんの、話、ですか？」

重いモップを四苦八苦で操作しながら、千絵は問い返す。木製の壁の拭《ふ》き掃除をするよう、遠藤に言いつけられたのだ。濡《ぬ》れたモップを天井近くまで届かせ動かすのは、かなりつらい。

「あらやだ、遠藤ちゃん。おでん屋さんに言ってないの？」

っと言う。

「すっかり忘れてた」

脚立に上って、シーリングファンの羽根をはめていた遠藤は、悪びれもせずにしれっと言う。

「まったくもう。うちの店で」

するんだよ。——あのさ、おでん屋さん。明日の六時半から　ちょこっと忘年会

聞けば毎年おおみそか、美容室リリーの仕事納めのあと、黄や遠藤と一杯やるのが、イエロービルの慣習らしい。

「なに、ほんの一時間くらいのもんだけどね。この一年をねぎらい合うのさ。都合のつく人だけ、って言っても、遠藤ちゃんも帰省したためしがないし、大家もソウルに行くのは二月だしね。私は両親ともに死んじゃってるから、実家そのものがないしさ」

「ふん。毎年一時間って言って、結局『ゆく年くる年』が始まるまで、飲んじゃうくせに」

「だって、大家が席を立たないんだから、しょうがないじゃないか」

脚立から降り、鼻で笑った遠藤に、久美子が唇を尖《とが》らせる。もうそれだけで、期待が高まるというものだ。

「行きます、行きます。是非参加させてください」

千絵はふたつ返事でイエスと応《こた》えた。こっちの方がはるかに楽しそうだ。

「つまみは各自持ち寄りだよ。酒は大家のおごりだから、心配しなくていいけど」

「わかりました。おでんを持って行きます」

「頼むよ。来年の運勢を見てもらいたいからね」

「はい。あたるも八卦、あたらぬも八卦ですけれど」

帰っていく久美子に、千絵は大きく手を振る。とりあえずおでんは決まったとして、ほかになにを持って行こうか。

「ずいぶんうれしそうね。さっきは実家に帰るって、暗い顔してたくせに」

客椅子を雑巾《ぞうきん》で拭きながら、遠藤は言う。実は三十一日は、自宅マンションの大掃除を終えたら、実家に行くつもりだと話したばかりだった。

「行くのは、元日にします」

「あっそ」

千絵の実家は葛飾《かつしか》区四《よ》つ木《ぎ》にある。父は亡くなり、母と独身の弟が暮らしているとしか話していないのに、遠藤にはいろいろ見抜かれている気がする。しかし、この医者のなりそこないさんは、それ以上の質問はしてこない。

「ちなみに遠藤さんは、なにを持って来るんですか？」

「自家製スペアリブよ。あたしは毎年決まってんの」

「へえー、おいしそう」

バーのおつまみにはナッツやチーズ、がんばっても、焼きソーセージがせいぜいの遠藤だが、どんなスペアリブを作って来るんだろう。楽しみだ。

「どうせ大家がいろいろ準備するから、料理はそんなにたくさん持って来なくていいわよ。……あ、ちなみにリリーさんとこは、ぶっとい巻き寿司《ずし》だから、かぶらないようにしてよね。美っちゃんは、甘いお菓子ばっかり買ってくるから」

ぶっきらぼうにおしえてくれる遠藤に、千絵は大きくうなずく。

ワクワクしてきた。去年まで、弘孝と年末年始をどう過ごすかばかり考えていたことが嘘みたいだ。恋人がいなくても、こんなに充実した気分で過ごせるなんて思わなかった。楽しい年越しになりそうだ。これなら翌日母に会っても、穏やかに会話ができるかもしれない。

「あ、リリーの店長に、千田さんの報告するの、忘れた」

「明日言やあいいでしょ。どうせ大して進展してないんだし」

あの日、大きな病院を受診した千田は、年明けに入院することが決まったらしい。

それを息子に報告すると、とても驚かれ、「もうひとり暮らしはするな」と、ほとんど強制的に自宅に戻らされたのだという。自宅に戻った日の夜、下の孫はそっと祖父の部屋にやって来て、「じいちゃん、ごめん」と、ひと言謝ったとのことだった。

「進展がないってことはないですよ。昨日の電話では、もらった手袋を、下のお孫さんに見せたって言ってましたから」

「見せただけでしょ？」

「見せただけですけど……孫とそういう普通のコミュニケーションが取れるようになったのは、すごい進展なんですよ。それまでは顔も合わさないで、逃げ回ってたんだから」

「……ふむ。言われてみれば、確かにそうね」

拭き終わった客椅子をひっくり返した遠藤は、一瞬手を止め、そう言ってから、カウンターの上に載せた。医者の卵だった人を言い負かした気がして、千絵はひそかにほくそ笑む。

「ほらほら、手が止まってるわよ。掃除をちゃっちゃと、終わらせないと、ペンキ塗りができないわよ」

「はーい」

手が止まってたのは自分もじゃん。とは口には出さず、いい返事をして、千絵は通りの方へ移動する。

そうなのだ。最後に出入り口ドアのペンキ塗りが待っている。長年人々を迎え入れ、送り出してきた、三十九歳のそのドアに、きれいな塗装を施し、よみがえらせたいと提案したのは千絵である。

ふと見ると、はめ殺しの窓に、おかっぱ頭に三角巾《さんかくきん》を巻いた女が映っていた。割烹《かっぽう》着《ぎ》を着て、白いモップをさかさまに持ち、やけに楽しそうに壁を拭いている。

思わずニーッと、自分に向かって笑いかけた。

直後、道を歩いていた男性が、千絵に気づいて軽くのけぞったのが、目に入った。

本書は書き下ろしです。

この作品はフィクションです。実在の人物、団体等とは一切関係ありません。

目次・扉イラスト　太田侑子
目次・扉デザイン　原田郁麻

おでん屋《や》ふみ　おいしい占《うらな》いはじめました

渡《わた》辺《なべ》淳《じゅん》子《こ》

令和3年 5月25日　初版発行

発行者●堀内大示

発行●株式会社KADOKAWA
〒102-8177　東京都千代田区富士見2-13-3
電話　0570-002-301(ナビダイヤル)

角川文庫 22632

印刷所●株式会社暁印刷
製本所●株式会社ビルディング・ブックセンター

表紙画●和田三造

●お問い合わせ
https://www.kadokawa.co.jp/（「お問い合わせ」へお進みください）
※内容によっては、お答えできない場合があります。
※サポートは日本国内のみとさせていただきます。
※Japanese text only

ISBN 978-4-04-110966-3　C0193

JASRAC 出 2102969-101

◇◇◇